トラディション

Tradition

鈴木涼美

Suzumi Suzuki

講談社

トラディション

日付の変わる十数分前に開いたエレベータの中から急に湿度の高い空気が流れ込んだので、顔を上げる前に結局予報が正しかったのだとわかった。持っていた黒と赤のインクが入ったボールペンのノックを押してペン先を仕舞い、革でできたペン差しに戻してから目線を上げると、営業日は必ず閉店の一時間前頃にやってくる髪の長い痩せた姫が、少し濡れた薄青色の肩を払うようにしてこちらを見るので、小さく微笑んで私はいらっしゃいませと言った。湿気を含んだ姫の長い髪が、ホテルの安いシャンプーの匂いを辺りに撒き散らすので、男の体液がついてしまった箇所だけ急いで洗ってからやってきたのだと私は想像する。あるいは今日は撮影の仕事だったのだろうか。

痩せ姫の座る席はすでに決まっている。酒瓶で飾られた廊下を奥まで歩いてすぐ右手の角に、正方形の黒いテーブルを二つ繋げて灰皿やグラスが用意されたそこを、従業員は三番と呼ぶ。立つとぶつかる位置に下げられた光度の低いシャンデリアで視界が遮られ、肌は暖色の光で血色良く見える、良い席だ。私の呼びかけにすぐに入り口付近まで歩いてきた内勤の男は、手に持ったバインダーを左脇に挟んでやはり小さくいらっしゃいませと言った後、受け取った傘をエレベータ脇の傘立てに差してから三番席の方に歩き出した。店に入ってまだ一言も発していない姫は、慣れた様子でゆっくりその後を歩いていく。来客を伝える内勤の大声に応えて、手の空いている男たちが声を合わせて決まり文句を叫ぶ。この時、店内には男たちの青春の郷愁のようなものが一瞬だけ浮かぶ。

女物の香水と男物の香水が立て続けに鼻をついて、雨の匂いは瞬く間にかき消された。姫の後姿を見ながら、お袖は濡れても干しゃ乾く、と月の暈《かさ》を傘に喩えた歌詞を、歌うでもなく口にして私は、手元に広げたコピー用紙に視線を戻し、男の名前の横にある女の名前に赤いボールペンで丸をつける。頼りないインクのせいか、丸は途中で掠れ、少しペン先の向きを変えると再び鮮血の色になった。

店の男たちから聞いて把握した来店予定にはこれで十三の丸印がついた。すでに店を出た四つの名前は赤い丸の上から二重線で消して、丸印も二重線もない綺麗なままの手書きの名前を数える。見覚えのない名前はそのまま会計締めの作業を終えて紙をシュレッダーにかけるまで無印であることが多い。中には何度かこの紙の上にだけ現れて、姿かたちを見せることなく消えていく名前もある。いずれにせよどの名前も、ぎざぎざとした人生を背負うものではなく、つるんとした作り物の響きしか持たないのだから、私は平気でそれらの文字に線を引いたりバツ印をつけたりする。

内勤が店内に流れる音楽の音量をほんの少しだけ絞り、店内のスピーカーを通して案内を喋り出したので、机上の時計を見るとちょうど長針と短針が重なり、日付と日付の間を指した。内勤の喋り出すのがいつもより十五分遅いのは、月始めの金曜に店内に残っている姫が両手の指を折って足りる数しかいないからだ。予定表に記された名前のほかに、初めて店にやってくる姫たちの卓もいくつかあったが、それらの会計はすべて済んで、卓上の片付けも概ね終わっている。間もなく注文は締め切られ、赤い丸で囲った名前は順に消えて、五十分後には店内に残る女は私一人になる。私はペンの赤色と黒色のノックを交互に押して、煩く鳴り出す音楽と卓上から回収されてくる合皮の伝票ばさみに備えた。

二つあるうちの左側のエレベータの中は姫たちの置いていった匂いと、男たちが持ち帰ってきた臭いが焼酎の中に溶け込んだようで、さらに七階から地上につくまでの間に四回止まり、その都度少しずつ違う匂いが混ざり込むので、私はいつも通り反射的に息を止める。身体の中にある水分が一瞬皮膚の中を上昇していき、すぐにまた重力のとおりに足の方へ下がっていった。ビルが古いせいか中に乗る人間のせいか、百貨店や住宅のエレベータにない不快な感覚から早く逃れたくて私は、いつも扉横の操作盤の前に立つ。

区役所通りの交差点で信号がなかなか変わらないので、減速したタクシーの前を強引に横切ると、反対車線を走ってきた飲酒運転の自転車に大げさに避けられ、何か苛立ちを表明する言葉をなげられた。私が傘を差していないせいで姿を認めるのが遅れたようだ。雨の降る深夜であっても六月を終えた空気は日中のしっかりとした熱を摑んだままで、光のない黒い空と肌に当たる大気の温度は不釣り合いだ。路上の誰もがそれに苛立ち、また混乱している。

日付を跨いで店を開けている花屋の中には客がおらず、私は道路を渡った速度をほとんど落とさずにビルの一階にある入り口の前について、さらに足を一度も止めることなく店に入った。飛びぬけて高額の伝票を作ったことはないが店とは付き合いの長い姫が、自分の勤める飲み屋で大きな誕生祝をするというから、店のグループ名と私の兄の名前でスタンド花を注文することになっていた。月に二、三回気まぐれに飲みにやってきて、指名の男が席につかなくても笑顔を絶やさず他の男たちと談笑し、平均的な金額を支払って帰っていく。自分の預金額より高い注文をしないので、感情の起伏が大きく乱れることがない。飲食店でもサービス業でも、そのような客に愛されて続いていく店が、良い店ということになるのだろう。残念なことにこの街のうちの店のような場所で飛び交う、架空と実際のあいだを揺蕩う数字は、それとは対極のものでできている。

「相変わらず表情がないね」

パステル色の大小さまざまなバルーンが飾られた入り口付近を過ぎて、やはり多彩な薄い紙でまとめられた標準的な大きさの花束の脇に立つと、奥で動画を見ていた店員の声はまるで客を出迎えるものではなく、この時間にスタンド花や花束の予約注文を受ける店の中でも、最も目立つ場所で三十年以上大きな看板を掲げている余裕かとも思ったが、思えば正しく客を迎える態度など、コンビニの外国人店員を除いてこの街の誰も心得ていないのだった。店員はこの店で最もよく見かける中年男性で、濃い緑色の前掛けをつけて、やや長めの髪には黒い髪のちょうど半分ほどの量の白髪がまざっている。ほかに見かけるのは中年女性や若い男性なので、おそらくこの中年男が責任者か何かなのだろう。背が低く、腰の位置が輪をかけて低いせいか、安定感のある下半身と頼りない上半身が、腰のあたりで接着されたように見える。

「坂の下の十字路の手前のビルの四階、明日の注文は結構入っているだろうからわかりますよね」

「バースデーだね。二段のフラワースタンドを社長の名前でいいのかな」

腰のポケットから伝票の束を引っ張り出し、ペンのないのに気づいたアナログ派の中年男は、レジと作業台のある店の奥まで横歩きで移動していく。私も濡れた床に落ちた細長い植物の茎に視点を合わせながらその後ろを歩いた。花束の棚が終わると再びいくつかバルーンを使ったアレンジメントが並び、奥に鉢植えが数個見える。上下に二つの花束が咲き誇る二段のスタンドは一段のものに比べて格段に豪華で、バルーンがいくつも差されたものに比べて幼稚さがない。私はいつも同じ白系の花と差し色の黄色を合わせた、通常のものよりグリーンの割合が高い二段のスタンドしか頼まない。色やバルーンの確認がないということは、この中年男もそれを承知しているようだった。

「社長の名前で一つ、グループ名で一つ」

かつて店の男たちに社長と呼ばせていた兄は、店がグループ化して拡大した今では会長を名乗っている。ただ、以前の呼び名が染みついているせいか、今も社長と呼ぶ人は多く、こちらとしてもそれについては何の支障もない。戦後焼け野原と化した地が小さな区画に細分化され、ビルや店が乱雑に軒を連ねて発展したこの辺りで、男の名乗る肩書はそれを変える節目にのみ意味がある。

「グループ名、念のためここに書いておいてくださいね。二つも出すんだね」

「あと二つ出してもいいようないい女ですよ」

「名前はよく聞くけど、話した記憶がないな」

店主らしき中年男から知らない社名の入ったボールペンを受け取って、私は白い伝票にグループ名と念のため兄の名前を書いた。名前といっても子供のころとは違う、罪悪感を捨てて堂々と女を惑わすために纏う名前だ。今は自ら指名を受けることはなくなったものの、この街で兄はその名前でしか生きていない。本名を知るのは私と、あとはごく親しい従業員くらいだが、今の名前はこの街に長くとどまっている者であれば大抵聞いたことがあると言う。その名前のおかげで私は、少なくともこの街にいる間中、ここにいる理由を問われないで済む。何を選ぶにも理由ばかり問われる世の中で、明快に答えられた記憶が私にはない。

知らない社名の入ったペンのインクの出が悪いので、途中で一度余白に意味のない螺旋模様を描いたら、再びペン先に生まれる黒線ははっきりと滑らかなものになった。店内にほかの客が入ってくる様子はないが、ビル一階ロビーに面した入り口の前は十秒あけることなく人が行き交う。よく見れば水商売には見えない人もいるし、一定の割合で見るからに東洋以外の国からやってきたと分かる人もいる。請求書でいいのか、と聞いてくる中年男を制して、私はカード払いでスタンド花二台分の会計を済ませた。

「社長、見ないね、ここのところ」

「昨日は店に出てきてましたよ、お客さん連れて」

「偉くなっちゃったんだね、見た目も貫禄あるしなぁ、結婚したって噂もあったよね」

クレジットカードと領収書を受け取り、それを入れた財布をバッグに戻してても、店主が喋るのをやめないので、私は話を切り上げようと、左肘のところにかけていたバッグを右肩にかけ直したが、遠回しのそのような仕草は彼に何も伝えないようだった。

「右隣のビルの地下の店、結局名前が変わっただけで、また開けてるみたいだね」

　中年店主が地下の店と呼ぶのは私が金勘定を担当している店のような形態とはまた違う、最近徐々に増えだしたカフェやカフェバーを名乗る店のことのようだった。未成年に酒を提供したのだったか、あるいは何かしら不正な申請をしたのだったか、似たような事件が相次いだので忘れたが、よく広場の方で店のメニューを持って立っていた男の子たちがいなくなったのには気づいていた。

「変な業態が増えて、昔から付き合いのあるような店じゃないから、何やってるのかもよくわかんないし、働いてる子たちも根性がなさそうだね」

「うちの店の若い子たちだって、昔とはずいぶん違いますよ」

　私は強引に話をまとめて、肩から少しずれ出したバッグを反動をつけて再び肩の中央あたりに担ぎ、小さく会釈をしてすかさず入り口の方へ歩いた。生まれた家を出てから途中三年間の空白を除いて長くこの街に留まってきた。いかなるものとも共存する気のある態度を保つのは、この街の住民たちにとって、自分自身が弾き飛ばされないように身に着ける数少ない訓のようなものだと思う。予定のない夜であれば、徐々に、しかし確実に進行する街の変化に戸惑う中年の愚痴に付き合うのも悪くはないが、私は明日、一般的な仕事に就く人の起きるような時間に起きなければならないのだった。

この街で働く男の性格が昔と変わったというのは、街に長くいる男からも女からもよく聞く話ではあるが、かつて街から出て別の場所で働き、五年前から兄を頼って再び街の片隅で金勘定をしている私から見ると、街の外の変化に比べれば、この街の変化など微々たるものに過ぎない。もうずいぶん前に、夜と心中するような女はいなくなったし、今では男と心中するような女も少なくなった。表面だけ明るく、少し退屈になった街で、みんながごく個人的に病んでいく。くわえて新しい商業施設や厄介な規制もできたし、疫病を引き起こすウィルスは無差別に街の内側に入り込んだ。それでも、沼のようにねばついた街の性格は変わることがない。私はただひたすら、これからもそうであることを願っている。どんなに沼の深いところへ沈んでも、下を向けばさらに深くまで堕ちた者を見つけられるここが、長らく私の生き場所であることに変わりない。
外に出ると相変わらず空気には昼の温度が残り、しかし次第に粒が大きくなっていく雨が少しずつその熱を地面の方へ運んでいるようだった。傘を差さずに歩くには少し雨が強くなっている。私は底に入っているはずの折り畳み式の傘を探して、バッグを再び左の肘にひっかけてから中に手をまさぐりいれたら、右手中指の爪が先週なくしたと思っていた腕時計をひっかけた。雨を降らす雲が厚くなったせいか、日中は微かに見えていた月はもう見えない。

祥子の母から初めて連絡が来たのは、私が今の店で入り口に常駐する出納係を始める前、兄の事務所で経理その他の雑務をこなしていた頃だから、三年以上前ということになる。女が男に金を払うような店では女の従業員を雇わないのが通例で、私もそのつもりで街に戻ってきた。それなりに売れている美術家の個人事務所で経理の仕事をしていたおかげで、裏方としては歓迎されたが、疫病禍のたった二か月ほどの不景気のせいですっかり店舗運営を担う幹部の男たちへの信頼を失った兄は、強引に私をデスクの後ろ側とはいえ店の入り口に座って金勘定をする役回りに異動させた。店の代表を名乗る私と同い年の大雑把な性格の男が、華があっていいんじゃないと鼻にかかった声で言った以外、そこで私を歓迎する声はなかった。案の定、姫たちが熱心に覗き込むインターネット上の掲示板には、私と店の男とのよからぬ関係を半ば断定的に噂する言葉が並んだが、常識的な価値判断を放棄して男のもとに札束を持ってくる姫たちとは違う理由でここにいる私にとって、そのような言葉はほとんど意味をなさなかった。

担っている業務が会計処理であっても水商売と裸商売の街にいる限り、朝と呼んでいい時間に起きることは稀で、私は念のために二つの携帯電話の目覚まし機能を使って強引に目を覚まし、駅でタクシーを乗り捨てて、土曜の比較的空いている電車に乗った。そのままタクシーで向かおうとも思ったが、車から降りる所を見られては、祥子の母のどのような感情を刺激するかわからない。東京一長いとも言われる商店街のある地元では、五千円以上の道のりをタクシーで行く人に会ったことがないし、私も地上を走る電車はそれほど嫌いではないのだ。環状の線路を内回り電車に乗って進み、路線起点の一つ手前の駅で降りると、夜中強い雨が降ったせいか、空はここひと月で一番の爽やかな青だった。

地元の商店街に向かう一番近い階段を降り、道を渡って坂を上ると脇や股がじんわり汗ばんで、私はすでにタクシーで全道程を来なかったことを後悔していた。母が死に、祖母が施設に移り住んでから、地元は随分と遠くなった。祥子の母の話はいつも長い。喫茶店の冷房で汗が冷えていくのは目に見えている。かといって、羽織っている薄手のカーディガンを脱いで、袖のない襟付きのシャツ一枚になれば、右上腕部の刺青に祥子の母だけでない、商店街を横切る人の批判的な視線を浴びることになる。私は仕方なく脇から濡れていくカーディガンと内側を水滴がつたう白い九分丈のスラックスを着たまま、自分の通った区立の中学校の脇を抜け、上り切った坂を今度は商店街の方へ下った。

三年半前の冬、まだ世界中の人の不安と関心の矛先が蔓延する感染病に集中する前、祥子の母の不安と関心は、自分の知らぬ間に会社を辞めていた娘の事情にのみ向けられていた。父の危篤を知らせるために、連絡を何時間も返さない娘にしびれを切らして、娘が今も働いていると信じていた企業の本社に電話をかけ、そこに自分と苗字を共有する娘のいないのを知ったらしかった。早生まれの娘は二十五歳になったころには会社に来なくなり、やがて正式に退社した、そう聞いた母親は自分はもう三年近く嘘をつかれていたのだと初めて知る。師走のうちに執り行われた父の葬儀にはきちんと出席したものの、どこに住み、どんな生活をしているかについて娘は要領を得ない言葉を並べるばかりだった。火葬場を出た移動車が自宅前について早々、娘は何かに急き立てられるように、母親の知るかつての住所ではない、どこかわからないところへ帰っていった。

人が死んだ後に用意される忙しない時間を過ぎ、年が明けて祥子の母が思いついたのは、葬儀で軽く会釈をした以外にもう十数年も話をする機会などなかった私に、祥子の現状を尋ねる封書を送ってくることだった。葬儀場の受付で私が、電話番号をかかずに今の住所だけ記帳したからだとすぐにわかった。馬鹿正直に部屋番号まで正確に書き残したことを後悔したが、後悔は郵便受けの封書をうまい具合に隠してはくれないし、そもそもこれまで後悔しなかった選択など私にはほとんどないのだ。手紙には、実家に帰るついでなどで構わないから、一度とにかく会いたいとあった。私は歓楽街に戻る前から、長く自分の生家に帰っていない。大学に通っていた頃に死んだ母の私物が根こそぎ処分され、私の生まれた証拠が隠滅された家はすでに他所のようで、実際母の私物とともに私の居場所もすでにないに等しい。

「お兄さんのお仕事もね、立派だと思うのだけど」

まだ疫病の名前も知らなかった一月の末、商店街を横切った先にある騒がしいファストフード店で、祥子の母はそう言っていた。私はその時初めて、祥子の母が飲食店の席に座るのを見たのだった。娘を迎えに来る姿、あるいは遊びに行った祥子の家の完全に管理された台所にいる姿は、あえて思い出そうとしてみればぼんやりと浮かぶ程度には覚えている。古い商店街のあるような街に似つかわしくない、ある種の階級を装うような格好をして、何も見逃すまいと神経を張り詰めているような顔をしている人だった。

「祥子の言うのはすごく断片的で、接客業をしているとか、土日が休みじゃないとか。それで夜遅くも朝も電話には絶対に出ないしね、でも相続でいくらお金が入るとか、香典は自分の手元にくるのかとか、そんなことは気にするのね、何かお金のトラブルがあるような気もして、あの子も無防備なところがあるから」

暖房がきいていたとはいえ入り口付近の席には一定の間隔で冷気が流れ込み、とっくに冷めていたコーヒーにほとんど口をつけていなかった祥子の母は、はっきりと質問はせずにディスポーザブルのカップのふちをくるくると指でなぞった。それは私を頼りになんとか娘との縁をもとに戻したいという願望と、没落した家庭から夜の世界に迷い込んでいった恥知らずの兄妹へのあからさまな侮蔑との間を逡巡する彼女の内側を表しているように私には見えた。それでも帰り際、電話番号を尋ねてくる強引な女の要求を、私は結局撥ねのけることはできなかった。

土曜の中学校はがらんとしていたが、対して商店街を突っ切った先の小学校の校庭は、なにやら運動にいそしむ、主に男の子たちの影がまばらに動いている。

祥子も私も、このいつまでも戦後の下町を引きずっているような場所で同じ小学校に通った。卒業したのはもう二十年も前のことだ。私立の中学を受験した祥子とは六年間ついに一度も同じ学級にはならなかったが、正派若柳流のお師匠をしていた私の祖母のお稽古場では高校に上がるまではよく顔を合わせた。教養のないのを恥じていた祥子の母は、わざわざ坂を一度下って商店街を渡り今度は坂を上ってたどり着く私の家へ、小学校に上がったばかりの祥子を週に二回日本舞踊のお稽古に通わせており、それ以外の曜日には学校の授業のいくつも先を教える学習塾の予定を入れて、おそらく自分自身が通うことを夢見たのであろう私大付属の品の良い女子校へ入れた。子供ながらにその浅ましさが祥子の煮え切らない性格に影響を与えていると思っていた私は、何かにつけて母たちの嫌がるような遊びに祥子を誘い出してみるのだが、そんな時の祥子の態度もまた煮え切らないのだった。花柳界に由来する繊細な振付を細やかに教える祖母と私にとっては、そのような祥子が遊女の手つきで床を這いずり回るのは愉快だった。上半身が寸胴で手足の短い祥子はある意味では和服を着こなすのに適した身体をしていて、学校でみかける洋服を着た姿よりはいくらか色気があるように見えた。

　日舞のお稽古は明るい時間に始まるが、秋が深くなってくると帰る時間にはあたりが暗くなってくる。祥子の母はいつも不自然な服を着て、まだ小学生だった祥子を迎えに来た。少し早くに到着すると、板張りの稽古場の脇の畳のスペースに正座して娘が源氏物語に描かれる女に扮して両手をぱたぱたと動かすのを自分は微動だにせず見学する。お稽古が終わるとすぐに浴衣を脱ごうとする祥子を、ショウコちゃん、と制して自分のそばに引き寄せて焦ったような不器用な手つきで着替えさせた。三年に一度、都心にあるホールで祖母や同じ流派の仲間たちが開く大きな踊りの会では、お稽古に来る子供たちも発表の場を与えられたが、そんなとき祥子の母は舞台に立つ娘より高い着物を着て、楽屋と観客用のロビーをせわしなく行き来していた。

　日差しよけの下で顔のまわりの汗だけタオル地のハンカチで抑えて、刺青隠しのカーディガンが肩から落ちないよう身ごろを引っ張り、息を吐いてからドアベルのついた木の扉を力を入れて引くと、その古めかしく重厚な見かけからは想像がつかない軽さのせいで、私は右足を思わず一歩後ろへ下げた。祥子の母は炎天下に似合わない若草色のニット地の上着を着て、やはり入り口に近い二人掛けの小さいテーブル席に、卓上に手を乗せずに座っている。

「サッチャン」

この人の他にはもう誰も呼ばない名前で呼ばれて私は、初めて入る古いのを装った新しい喫茶店の清涼な空気の中でひどく不快になり、清涼な空気をたちまち濁らせる街の中の、さらに外界から遮断された雑居ビル七階の自分の座る席を早くも恋しく思った。祥子がついにメッセージを既読にもせずに、何日待っても連絡を返さなくなった、という電話がかかってきたのは水曜の午後三時ちょうどだ。三年前の年明けに初めて封書を送られてから、すでに二回ほど私はこの人に会って、五回以上長電話につきあってきた。祥子はこれまでまったくの音信不通になることもなく、しかし母親の不安を掻き立てるように終始何かに気をとられるようで集中力に欠け、その生活ぶりも商店街周辺の大人の想像が及ぶ範囲にはなかった。

「父親が死んで、少しうちにも顔を出すようになって、外出自粛の頃には結構うちにいてね。でも新しい仕事始めたとか、接客しているとか、お金貯めるとか、色んなこと言うんだけど、だんだん帰らなくなって、もう二年以上うちに帰っていないの。でもこんなに連絡がつかないことなんて今までなかったの」

何日も連続でかけても電話が鳴り続けることで、かろうじて死の想像から逃れているものの、思えば自宅で充電をしたまま動けないのであれば、電話は鳴り続けるのではないかと思い当たって、ここ数日は過度に動揺しているらしかった。自分の動揺が世界中の森羅万象すべてに優先されると言わんばかりに、自分がかけ得る迷惑については一切想像力を持たない様子は、何かに依存して生きる歓楽街の女たちの様子とどこか重なって、私はいつも少し愉快な気分になる。祥子がしばらく母親の元へ帰っていたのも、ほどなくして元の生活に戻っていったのも、疫病禍初期に歓楽街の店が軒並み休業した時期を思い起こせば、事情がぴたりと一致する。祥子の暮らしとこの母親の電話の長さを考えれば、連絡をよこさないことも何も不思議ではない。心配事はないと断言してもよかったが、娘が言葉にして説明できる理由なしに自分を無視していると知れば母親は傷つくだろうし、私の目の前でやけに背筋を伸ばして座るこの女にとって、娘の行く末を心配し、いつでも帰ることのできる家を用意しておくことは、一種の趣味のようなものだとも思った。いずれにせよ祥子を、電話を叩き切るでも電話番号を変更するでもなく、かといって従順に応対するでもなく、無視するつもりすらないまま何日も折り返さない、そんな煮え切らない女に育てたのはこの女の単眼的な強引さに間違いないのだ。歓楽街はいつだって煮え切らない女の思考停止を歓迎する。

「無責任なことは言えないですが、何か大きな事件に巻き込まれたり、身体を壊したりするようなことがあった場合の方が、すぐに親元に連絡はいくと思いますよ」

目の前で若草色に身を包み、おそらく私が入ってくる前から置いてあるアイスコーヒーのグラスに汗ばかりかかせて手をつけないこの女にとって、知らせがないことを良い知らせだと思えばいいという、脚本を棒読みしたような私の言葉は何の意味も持たないだろうが、私にとっては脚本通りに親身になっていることで自分自身の母の名誉が回復されるような、何かしらの意味があるような気がするのも確かなのだ。思ったよりも緩やかな空調のおかげで、ところどころ湿っていた服は冷え切ることのない速度で徐々に乾燥し、私の方のアイスコーヒーは一番上の氷が完全に外に出るくらいは減っていた。

「サッチャンやお兄さんみたいに逞しく強く生きられればいいけど、あの子はそういうタイプには育たなかったからね、難しいところはあるのよ、昔から。頑固な割に世間知らずの根性なしで、恥ずかしい」

商売屋の多い近所では少し目立つほど清潔で大きな一軒家に今は一人で暮らしているはずの祥子の母は、そう言って洟をすするような真似をしたかと思えば、水差しを持ってテーブルに近づいてきた店員に見本のような笑顔を見せて、私はすでにこの茶番を切り上げる言葉を探っていた。気づけば入り口横にかけられた丸時計の針は正午に近づいていて、晴天の土曜の午前が何も生み出さない会話の中に沈もうとしている。木の扉を開けてこの喫茶店に入った瞬間から、煙草が吸いたくて仕方がなかった。

店の中ではないところで発生した匂いに顔を上げると、生理用品の入った袋を片手に下げた背の低い男がエレベータ奥の壁にもたれて携帯電話の画面をのぞき込んでいる。年度末に大学を卒業してからこの店で働きだした彼が、エレベータの扉の開いたのに気づくまでの間に、私のデスク上では時計の秒針が二回鳴った。まだ売り上げをたてられず毎日夕方前に店の掃除にやってくる彼が開店時間前に髪を整えに出るというので、客用化粧室に常備する経血ナプキンを買ってくるよう頼んだのは私だ。各個室に備えたそれらは、捨てられる生理用品の量以上に毎日減るので、週に幾度も来る常連客の中には自分で生理用品を買わずにすべてここから持ち出して間に合わせている姫がいるのだろう。別に構わない。誰かが売れれば誰かが売れ残るこのような店で、掃除番や買い物を担う売り上げの低い男が減ることはあまりないし、そもそも姫たちに安くて質の良い生理用品の代金すらも節約させているのはこの街とこの店なのだ。

私と目を合わせることなくほとんど頭を下げない会釈をして、片手に携帯電話を握りしめたまま、生理用品を持ってまっすぐ客用化粧室に向かった男の髪型は、さきほどソファに掃除機をかけていたときとあまり変わらない。短い前髪に少し艶が足されて、後ろで少しうねっていた箇所がまっすぐ伸び、側頭部にほんの少しふくらみが足されたような気はするが、それが千円分の変化とは思えなかった。従業員のロッカーのある控室の奥に横に二人並べる鏡台があるので、開店前の一時間から開店後一時間に限り専属の美容師を雇入れていたこともあったが、入れ替わりでやってくる美容師の技術に文句を言う若手が増え、店の幹部たちはそもそも早い時間にやってくることは稀なので、三年前の短い休業期間に美容師を雇止めることにした。いまでは店の男たちはそれぞれ好きな美容室でそれぞれ好きなように髪をセットしてくる。割引の提携をしているところだけで三軒、花道通りの方まで下ればさらに倍以上の美容室がある。

内勤男に手渡された来店予定表のコピーをデスクの上に広げ、私の携帯電話に直接送信されてきた予定を書き足して見せると、内勤は少し意外そうな顔をして口を開いた。

「書くところ間違えてない？　この名前って同一人物だよね」

「話し合って、もともとの担当がそれを強く望む、とのこと」

「看過しがたい。それ誰が言ってるの」

度の入っていない眼鏡をかけて博識を気取る内勤は、自分の手元のファイルの上に載せた予定表の原本に赤文字で私の文字を書き写し、そのままペンの後ろのノックを深い皺を寄せた眉間で押してペン先をしまった。眼鏡のブリッジにペンの紙を挟むクリップ部が当たって聞き取れるか聞き取れないかの音が鳴る。缶入りの酒を出すような店に格式はないが、その代わりに決まりごとならごまんとある。男が働き、女がやってくる店の決まりごとは格式高い店のそれを余裕で超えるほど数が多く、濃淡の差こそあれ細やかだ。店の押し付けるものもあれば、指名された男が声高に叫ぶだけのものも、学びとして習得されるだけのものもある。店内でたとえ知り合いを見つけても、別々にやってきた姫同士が言葉を交わしてはいけない。まして席を立って挨拶などしてはいけない。店がはけてから別の飲み屋で同じ店で見かける女を見つけても友人になってはいけない。指名関係にない限り恋仲になってはいけない。店の外で金銭の授受があってはいけない。同じ業態の他の店に行ってはいけない。姫の職業に露骨な興味を持ってはいけない。かといって仕事や収入を把握しなくてはいけない。言葉を信じてはいけない。意味を考えてはいけない。

ただ、かつて店の男を指名していた姫が、同じ店の別の男の客としてやってこようとすることは実際には珍しくない。もともと指名されていた男がそれを望み、姫が駆け引きや当てつけのように利用していないのであれば、店は特にトラブルを呼び込むことなく姫を逃さないで済むのだが、客によって多少の規則例外をつくるような柔軟性を、この内勤男は持っていない。名前に特徴のあるのが仇となって、この姫は例外的な指名替えを許されることはないかもしれなかった。

「当然、新たな担当談よ」

「看過しがたい」

頭の固い内勤男はわざとらしく悩むような呆れるような顔を作って、同じ言葉を繰り返した。教えるという行為は人の欲望をおかしな方向へ膨張させる。教育係のようなことをしているせいか、与えられる給料や肩書に対して少々釣り合わないほど決定権を振りかざそうとするこの男の知的ぶった眼鏡は、こういう時にやけに光を反射する。

「一応両方に話聞くけど、難しいな。あんまり先走ったら爆弾にするって言っておいて」

眼鏡にシャンデリアの光を反射させた男はエレベータにむかって右にある控室のドアを開けたかと思えばすぐに踵を返し廊下を客席の方へ歩いていく。最近やや人間不信の兄がほとんど唯一絶大な信頼を寄せる古株の内勤男は、兄と同時期、つまり誰もが夜と心中してもよいと思っていた頃にそれなりに売り上げを伸ばしていたと以前本人が言っていた。夜遊び案内誌が当時何かの特典で作製した、この街の男たちの写真をすべてのカードにあしらったトランプではスペードの7のカードに顔写真が使われていたので、あながち嘘でもないのかもしれないが、女に少しの充足と大きな不足を与えて、自分は中が空洞の箱になりきるような真似があの男にできるとも思えない。顔の造形の良いのがトランプのグラビア向きだったのと、雑誌に顔が掲載されることで一定期間の売り上げは確保できる時代だったのが、男の尊大な態度を作り上げたのだと私には思えた。

開店の時間まで十五分を切っている。掃除を免れてはいるものの、来客の予定のないホストたちがそろそろエレベータに乗り合わせてやってくるころだ。私は点検のためにエレベータ前のデスクを離れ、酒瓶の並ぶ廊下の方へ一瞬出てすぐ右奥へ向かい、おしぼりを温める蒸し器の前を横切って黒光りする扉を引いて開けた。客用化粧室に入って右側には個室が二つ並び、左側の鏡の前にも二つのベイスンが並んでいる。鏡は完璧に磨かれて、店で唯一光度の高い照明が当てられた私の顔からは三十歳を過ぎて急に目立ち始めた細かい毛穴がすべて飛ばされて顔色がよく見える。奥と手前二つの個室にはそれぞれ、トイレ紙ホルダーの上に置いた籐の籠にきっちり同じ数の生理用品が三種類入って、床の黒いプラスチックのゴミ箱はこちらの姿を映すほど丁寧に磨かれている。

個室を出て再び鏡に向き合うと、水滴が残らぬよう神経質に拭われたベイスン横の液体せっけんの瓶を持ち上げ、底にぬめりがないか確かめる。もう一つの瓶とポンプ式の消毒用アルコールのボトルも同じように裏返す。問題は何一つ見つからない。この世で一番の働き者である姫たちはここに立てば鏡に映る自分の顔に集中し、口紅を塗り直し、鼻の頭の脂をコンパクトで抑え、顎を引いて髪をなでつけ、狂うほどの金額を平気で使う準備を整えられる。ここで飛び交う金額はその日の夜には単なるフィクショナルな数字でしかないが、月末の締め日を過ぎ翌月の入金の日には意味のある実体としての数字が彼女たちに迫ってくる。その数字に太刀打ちできる程度には自分に価値があると信じなければ、たとえフィクショナルな数字であっても大卒初任給の十倍もの金額をスパークリング酒の泡の中に溶かすことはない。

扉を押し、化粧室を出て酒瓶の並ぶ廊下を三番の席まで歩き、背もたれの高いソファと衝立で隔てられた奥の席にも目を移す。ところどころ、磨かれた濃い色の壁やテーブルが少し私の影を映すが、化粧室の完璧な鏡台を除いてこの店には鏡がない。非日常に窓と鏡はあってはならない。顎を引き、紅を引くための鏡は置いても、酒を飲み男に肩を抱かれる姿を映してはいけない。それはグループの全店舗で兄が徹底していることでもあり、またこの街に多くある、男がねだり女がお金を払う店が共有する特徴でもある。男たちが金を払い、酒を飲み、女の肩を抱く姿を、そして女たちが目の前で現金に変わっていく自分の価値に見惚れる姿を、平気で鏡に映すような店とは違う。男が酒を飲む理由と姫たちがここに来る理由は対極にあるのだ。自らの成功の証として、あるいは世間に見せる嗜みとしてこの店にやってくる姫はいない。

踵を返して曇りガラスと壁で隔てられた、店がＶＩＰと名付けた領域のほうへも一度歩いてみる。扉がないので通常の席と完全に隔てられるわけではないそこは、特別料金をとる場合もあれば、単に同じ男を指名する姫たちを遠く離すためにも使う。若い姫たちが多いこの店で、年齢を重ね、またその年齢が外見に露骨に表れたような姫は店側が気を使ってここに隔離することもある。多ければ四組ほどを接客できるその小部屋を覗くと、テーブルの上の灰皿やコースターは完璧に並べられているものの、奥の左角にあるべきものがないような気がして慌てて私はデスクまで戻った。

内勤が複写して渡してきた紙には確かにその名前がない。店で最も売り上げ、また指名の本数でも他にぬきんでる男、その売り上げと指名本数に最もよく貢献する姫が、営業日に店にやってこなかったことは休業後、一度しかない。内勤とその姫が話すのを聞いたところ、そのときは食中毒のような症状で一日中吐き気に襲われていたようだった。ほぼ毎日やってくる三人の姫のうち、最も早い時間に来て、閉店時間になるまでＶＩＰの同じ席に座る彼女は店の従業員だけでなく、店常連の姫たちからも猫の漫画絵と同じ名前で呼ばれている。酒をほとんど飲まない彼女がアセロラ・ジュースを飲む大きめのグラス、ほかの席にあるクッションのかわりに置かれた平べったいぬいぐるみ、ひざ掛け、コースターなど、彼女の席はすべて猫のイラストが描かれた特別なものが使われており、全体的に黒やボルドー色など暗い色味で統一された店内で、明るいピンクの猫柄が並ぶ一角は、毎夜おいそれと壊すことのできない異空間を作り出す。

「いや、くるよ」

猫姫の席が用意されていないことを不審に思って、彼女が指名する、私がここで働くことに唯一好意的なコメントを残した同い年の代表男に電話をかけて尋ねると、電話口からは内勤にはすでに連絡済みなんだけど、とやや不機嫌な声が返ってきた。五年前にはこの街でも指折りの長身美男子だと言われていた彼は、鼻にかかった少し高い声が時折彼のいない場所で笑いの種にされるほど特徴的で、電話越しでは全く迫力がない。ただ、たとえば彼が低く艶のある声であろうが、身長が今より十センチ低かろうが、目と目がもう少し離れて歯に隙間があろうが、女たちのすることは変わらないだろう。外見的な特徴は出会いの数を多少増減させるとはいえ、箱となり沼となって女に不足を与え続けられる男の特性とはあまり関係がない。

「だから最終週の日曜まで席は用意しないでいいから。入り口でお金だけ受け取って。連絡はしてるから、いちいち俺は呼ばないでいいよ」

はいはい、と早口に言って電話を切ろうとした男は思い出したように、自分を呼び出すよう猫姫に頼まれた場合はこのように言ってほしい、とやはり鼻にかかった早口で指示した。お前の今日持ってきたお金には今日俺に店で接客される代金は含まれていない。月末の大切な日に俺の横にいることを決めたのも、そのためにいつも以上に我慢していつも以上に頑張ることを決めたのもお前だ。何卓もある指名の席を回っている俺の時間を料金を支払わないお前が奪うことは、ほかのお客からの不当な搾取になる。その代わりにほかのお客には絶対にできないことをお前はやるわけで、ほかのお客とは次元の違う関係であることは説明する必要性すら感じない。俺は俺にとって特別な存在であるお前のことを、それがわからない女だとは思っていない。幻滅させないでくれ。

電話が切れたので私は店の固定電話をもとの位置にもどした。ちょうど開店時間になったが、姫たちがやってくるのはもう少し後だろう。いつも早い時間にやってくる猫姫はほぼひと月、席に座ることをしないらしい。お金を払うほどではないヘアセットを終えた若い男たちが控室に入ったり、まだ何の匂いもついていない客席に座って携帯電話を覗き込んだりしている。当然私は代表の男の言葉をそのまま猫姫に伝えたり、何か紙に書いて渡したりしない。女同士の、根拠のない共感と激励と称賛を交えた退屈な言葉に変えて、彼女の愚痴をすべて肯定しながら話すのだろう。店ではじき出されるフィクショナルな数字は、時に後から、時には猫姫のように事前に、現実の紙幣に変換されて生身の姫たちから手渡される。痛みが伴うのは数字がはじき出される時でも紙幣に変換される時でもないし、料金を支払ったにもかかわらず満たされなかった時でもない。満たされないことはより多くの数字を招き寄せる理由にしかならない。願いが叶わず満たされない夜の痛みなんていうものは、翌朝には体内の酒と一緒に抜けていく。痛みを含むのは結果ではなく理由の方だ。その紙幣で売られているものと買われているものが何であるか、紙幣と共に自分が手渡したのが何であるのか、一体紙幣はどこに行くのか。それさえ問わなければいい。だからこの店には鏡がない。

耳を澄ませばかすかに聞こえる機械音の後に明るい笑い声を含んだ空気が流れ込み、私は地上階から一見さんたちが運ばれてきたのを知る。デスクから顔を上げると、三人の初めて見るオンナが少し恥ずかし気にわざと声を大きくして、ここだここだやっぱり七階で合ってた、とはしゃいでいる。一人はショート髪を少しだけ赤みのある色に染めて、伸縮素材のカーキ色のワンピースを着ており、あとの二人はつくりのゆったりした固い生地のパンツに踵の低い靴を合わせている。確かな身の保証と正月に帰る家を持った明るさが、黒光りする床に反射するので目を細めると、ショート髪のオンナとしっかり目があって私はいらっしゃいませという笑顔をつくった。きっと彼女たちは初回料金の五千円で彼女たちが買おうと思ったとおりのものを手に入れ、来週にはまた別の暇つぶしにそれなりの金額を払って心躍らせる。そこに痛みはない。

読もうと思っていた本を胸に押さえつけるように抱えたまま眠りに落ちたことに気づいたのは、玄関の外から鍵を差し込む音が聞こえて咄嗟に首を上げたときだった。玄関と私のいる部屋とはつくりのしっかりとした扉で隔てられているが、その扉の隙間から酷く酒臭い空気が漏れ出てきたような気がした。都合よく電気を付け放していたので、私は長椅子に沈み込むような体勢のまま文庫本の栞紐をひいて、本を読んでいるのを装った。サイドテーブルに置いたグラスはちょうど氷がとけきって、表面には細かい水滴がびっしりとついている。

「可愛いサッコ丸、起きてたの」

幼児を真似たような口調で、二つ年上の男が喋り出す。顔を見るのは二日ぶりか、あるいはもっと前だったのかもしれない。知り合った当時には不自然な形で固めていた髪も、不必要な装飾がつけられていた衣類も、今ではこの街の匂いを微かに残して、それほど不自然ではない範囲に収められている。

「会えてよかった、ちょうど今日決まったんだけど、来月マカオ行ってくるね」

この街に長くいる他の男たちと同じように、名前と肩書だけを出来の良い肉体に纏って他に何も背負わないこの男は、十五年前に二十歳で街にやってきた。彼が働きだした店ですでにいくつか肩書を塗り替え終えていた私の兄には、どういうわけか最初から可愛がられている。すぐに店を移って、今は別のグループで二店舗を任されるが、兄とはお互いの誕生祝を含めて年に数回、複数人で集まって騒いでいるようだ。社長を名乗っているが、今も毎日店に出て指名をとっているのが、姫たちの取り乱しに付き合うよりは若い男の自意識に付き合うことに時間を割く兄との違いなのだろう。すでにかなり太って髪すら染めていない兄と比べると、年齢の割に気を使ったやせ型の体型や光に当てればかなり明るく見える色に染めた髪に、姫たちの箱であり続ける覚悟が染みついている。

　ほとんど閉め切っているカーテンは遮光性の低い安物で、さきほど目覚めたときからすでに外に生まれ始めた光をぼんやり室内に漏らしている。男の今日というのは正確に言えば昨日なのだろうが、彼はまだ昨夜を終わらせていない。少し明るくなってきた職安通りを歩いて帰ってきたとして、彼にとって日付が変わるのはもう少し後だ。では長椅子とは言え結構な時間眠りに落ちていた私は、昨日の続きにいるのか、区切られた翌日にいるのか、いつもはっきりしない。

「マカオって社員旅行？」

「いや、店の幹部だけ。どうせギャンブルしかしないよ」

　機嫌よく酔った男はべらべらと喋りながらキャンバス地の鞄をキッチン脇に投げて、冷蔵庫から炭酸水のガラス瓶を取り出し、グラスを用意することなくスクリュー蓋をひねりながら長椅子の方へ歩いてきた。最近の若者風のつもりなのか、もうめかすのに飽きたのか、黒に近い紺のTシャツに仏ブランドのロゴが小さく入っているくらいで、あとは着古したイタリア製のデニムにしろ丈の短い紺色の靴下にしろ、取り立てて水商売を匂わせるものは身に着けていない。それでも姫たちが汗と涙を流して稼いだお金で買った服は、百貨店に吊られたものとは別の匂いがする。彼の身体には、この街で毎日毎日浴びる姫たちの執着と恨みが皮膚の下の深いところまできっちり十五年分染み込んでいて、それはカジュアルな服で覆われていても至る所から染み出して私の鼻をつく。私はその匂いがここちよくてたまらない。街から歩いてすぐの地下鉄の駅上に建つマンション十一階のこの部屋にあるものは、私が街へ戻ってきたときに持ち込んだ衣装棚と二重ガラス製のサイドテーブルを除いて、すべて姫たちが安い金額で股を開き、父親ほどの年齢の男の性器を喉の奥まで咥えて稼いだお金でできている。だから限りなく虚構に近い、嘘っぱちの街の中でこの部屋は血の通った人の匂いがする。

男が長椅子に倒れ込むように横になり、私の身体と背もたれの間に無理やり腕と上半身をねじり入れてきたので、私は彼の腰の方へ身体を捻って、サイドテーブルの濡れたグラスで氷が解けて薄くなったアイスティを一口飲んでから、彼の

Tシャツの脇に手をいれた。禁欲的な胸元と野性的な腰骨の間の脇腹は適度に緩み、強くひねったり爪をたてたりすれば簡単に傷がついてしまいそうで、私は長い爪がひっかからないよう、指の腹と母指球を使ってやさしく肌を揉むように包み込む。一口飲んだだけの炭酸水を倒さないように長椅子から少し離して床に置き、火のついていない煙草を咥えた彼が、半分ふざけたように服と下着の上から私の胸の上をくすぐり、見当をつけた先端を片方の指で三回押し込んだので、私は彼の窮屈そうな細身のデニムのボタンを下まで外して、腕に力をいれて腰の下までずらす。私が彼の灰色の下着をめくったのと、彼が思い出したように、あ、と声を出したのはほとんど同時だった。

そのまま腰のゴムを伸ばしてストレッチの効いた生地の内側を覗き込むと、薄い灰色の下着の裏面にはところどころかすったように赤茶色の痕が付着している。生地を引っ張って伸ばしながらよく見ると瘡蓋のように痕の表面が割れた。

「生理中の穴にうっかり突っ込んだの思い出した」

下着と同じようにところどころ赤茶色でこすったようなあとがある男性器の位

置を整え、下着のゴムを私から奪って臍のあたりまでひっぱりあげながら、男はふざけたような気まずいような笑いかたをしてそう言った。咥えていた火のついていない煙草は一旦サイドテーブルの灰皿の縁に立てかけるように置かれている。長椅子の向かいにある真っ黒なテレビ画面に、男性器に経血をつけた男と、その経血の出どころではない女がはっきり映し出される。

「汚いな、それにナマはよくないよ、生理ならなおさら」

「俺、生理になっちゃったって言えばよかった」

男は甘えた声を出して、後ろから私の両脇に腕をねじいれ、胸のふくらみの下部分を強く圧迫した。私は腰の後ろに誰かの経血が染み込む気がして、できる限り下半身を前に突き出しながらされるがままに彼にもたれかかっていた。彼の顔のあたりはいつも、女のつける化粧品の匂いがする。正確に言えば、男相手に商売する女と女相手に商売する男が表面をこすりつけ合うときにできる、化粧品と煙草と石鹼と体液が混ざったような匂いだ。私はその匂いの背後にいつも、仕事中に見かけた姫たちの表情を思い浮かべる。

月末のお祝いまで毎日入金にだけやってくることになった猫姫が、座席につかない来店の初日である昨夜、店にやってきたのは夜の十一時をすぎた頃だった。いつもならば九時までには必ず店に入るので、仕事の出勤時間を伸ばしているのかもしれない。店が混雑していた上に、初めて来店した二人連れの姫が、それぞれ初回のフリー料金から指名に切り替えて飲み直しをすると言い出した直後だったので、私は下を向いて急いで新しい伝票を用意していた。それでもエレベータの開いたのにすぐに気づいたのは、あまり店に運び込まれることのない、高齢男性の整髪料のような匂いがすぐに入り込んできたからだ。

「すみません、お店には入らないことになってて」

背の低い猫姫は抑揚のない声で、私の顔を見ることなく右肩にかけたバケツ型のバッグを覗き込むようにして言った。近寄られると、高齢男性のような匂いだけでなく、石鹼や安物のコロン、それから湯気で蒸された汗と白粉の匂いが複雑に混ざって彼女が動くたびにその配合が少しずつ変わる気がした。いつも洗い立ての髪を丁寧にアイロンで巻いておろしている印象が強かったので、絡まった艶のない髪をごまかすように後ろで括っている姿は新鮮だった。好みはあれ、私にはいつも川崎のソープランドで早番の仕事を終えた後、しっかりお風呂にはいって髪を整え、百貨店一階でよく見かける人気のトワレをふりかけてくるときよりも色気があるように見える。担当である店の代表を呼び出すように言われた場合、私は手元で中途半端に書き進めていた飲み直しの客の伝票を一旦脇に置いて、できる限り慎重な言葉で先ほど聞いていた男の言葉を翻訳せねばならなかったが、その心配はいらないようだった。生活のあらゆる優先順位をその代表に決められている猫姫が身支度に時間を割かないのであれば、彼と顔を合わせる気が最初からないのだろう。

　私は落ち着いた声を心がけて聞いていますよ、と笑顔を作ったが、どちらにせよ彼女は相変わらず私の顔を見てはいない。書き途中だった伝票を手早く最後まで書いてその検算を頭の中でしながら、彼女がバッグから取り出した都市銀行の封筒の厚さに驚いた。二つ重ねた封筒の一つは先月の売掛金だとしても想定よりずっと多い。昇給や誕生日のお祝いに高額のブランデーをおろしたり、花屋が用意するシャンパンタワーを計画したりする姫に、前もっていくらか入金してもらうのは珍しくない。店の男たちにとって一番の恐怖は企画していたイベントで花屋にお金を払って飾り付けやグラスのタワーの設置をさせたのにもかかわらず、姫が当日店に現れないことだからだ。タワーのために写真付きの瓶に入った特注の酒など発注していれば、その男はそこから何か月もかけて馴染み客にその酒を少しずつ注文してもらって消費するしかない。だから店としても、せめてタワーの設置代、できれば総額の三分の一以上前入金してもらうように通達はしているが、いつも月末までの飲み代を、翌月の入金日までに用意する規則的な自転車操業をしている姫たちの手元に先々のイベントのためのお金があることは少ない。

「まず先月のがこれで、こちらは預かってもらうぶん」

猫姫は最初にざっと百五十枚ほどお札の入っていそうな封筒を、売掛金の計算に使う水色の伝票とともにデスクから一段高くなった間仕切りの上に置き、次にそれよりも分厚い、まちのある封筒をその横に置いた。私は彼女にエレベータの扉に向かって右側にある待合のソファで待ってもらうよう伝えた。偶然同じエレベータで複数の姫が上がってきたり、初回客が重なったりしたときに座ってもらうための待合に、彼女が座るのはおそらく初めてだろう。彼女の生活の優先順位が担当の男を頂点とするように、店の優先順位では彼女は限りなく頂点に近い。

薄い方、といってもかなり厚みのある封筒に入っている紙幣を取り出し、上に重ねられていた青伝票を一度裏返して引き寄せ、私は紙幣計数機を使って百三十六枚を確認した。百枚と三十六枚に分かれた紙幣をもう一度一束に戻し、再度計数機にかける。正しく百三十六枚あるのを確かめてから青伝票をめくると日本円のマークと１３６の英数字が書かれている。本来であれば指名されている男が立ち会うべきところだが、十歳弱も年の離れた女二人が小高い間仕切りとその上に置かれた紛れもない日本円を挟んで少し離れて座っているここに、男の姿はひとつもない。私は手元の入金の書類と札束を、猫姫は携帯電話の画面を見下ろしていて目は合わない。洗っていない髪をひっつめにした猫姫が早く店内から地上へ降りたがっている気がして私は分厚い方の封筒の計算も急いだ。

デスクから立って猫姫に金額を書いた預かり伝票を渡しエレベータのボタンを

押すと、幸い上下に動く箱はすぐ上の階にいたようで三秒ちょうどで扉が開いた。片手でボタンを押し、片手でエレベータの扉を押さえて猫姫が乗り込むのを見ていると、複雑な匂いの中に葡萄の香りをかぎ分けられた。扉が閉まりだす瞬間に、それは彼女がいつの間にか嚙みだしていたチューインガムの匂いだとわかった。エレベータの動き出す微かな機械音を確認した私はデスクに戻り、札束を入れた金庫の鍵を念入りに所定の場所に戻した後、飲み直し中の初回客の新しい伝票を渡すために内勤男に内線で話しかけたが、どうやら親しい姫の卓で捕まって身動きがとりづらいらしく、仕方なく入り口からさほど遠くないその初回席へ行った。初来店の姫たちに指名されているのは疫病禍に系列店から移籍してきた中堅の男と、つい先ほど猫姫から分厚い封筒を遠隔で受け取った店の代表男で、男たちは飲みなれた様子のおそらく水商売の姫二人をそれぞれが両側から挟み、肩をしっかり抱いて屈託のない笑顔で、ひたすら酔っぱらうためのシンプルなゲームを続けていた。猫姫がエレベータで運び出され、彼女がそこにいた形跡は金庫内の札束以外何もなくなった後も、入り口付近にはしばらく葡萄と整髪料の匂いが残っていた。

　他人の経血をつけた男に後ろから抱きしめられた体勢のまま、男がようやく火をつけた煙草を奪い、いつもより強めに吸い込むと、煙草はメントールのほかにも清涼成分が足されたもののようで、喉の奥が薄荷水を無理やり飲まされたように冷たくなった。

「そう、会いたかったのよ、土曜から」

　私が煙草を返して少しだけ身体の向きを変えながらそういうと、早とちりした男がたまにはかわいいこと言ってくれるじゃんとはしゃぎかけたので、そうじゃなくて、と真顔で制した。

「祥子のお母さんに呼び出されて会ってきたんだよ」

　もともと目尻が常に下がった笑い顔の男の顔が少しだけ緊張し、やがて無礼でない程度に生真面目な、しかし厳かでない程度に親し気な、完璧に調整された顔に変わった。

「全然祥子が連絡つかないらしいんだけど、大丈夫だよね」

男の指にある煙草の火種に気を付けながら私は体勢を抜け出し、清涼感の強すぎない自分の煙草の箱に手を伸ばしたものの、箱に手が触れた瞬間にちょうど眠る前に最後の一本を吸ったのだと思い出した。新しい箱はキッチンの調理台に常に三つほど積み重ねてある。仕方なく腰を上げて、ついでに薄いアイスティを取り換えるために手がすべらないよう気を付けながら汗をかいたグラスを持ち上げた。

「ねえ別に店には来てるんだよね？」

立ち上がって長椅子の後ろにあるキッチンへ回り、ほとんど水になったアイスティをグラスごと流しに置いて男の後頭部を見ると、魂が抜けて自分で動き出すことはもう一生ないと思えるほど硬直しているので、私は連続で問いを投げかける。私がほんの少し声の音量を上げたことに気づいて男は手元の煙草の灰を灰皿に落とし、集中力を奪う強いアルコールと眠気と、それから気の進まない話題によって霞んでいた意識をようやく取り戻した。

「いや」

安物のカーテンはすでに後ろにはっきりとした朝の光を背負って、煙草の煙をゆっくりと吸い込み続ける。夜には口から出した瞬間から周囲の空気に溶け込んでいるように思える煙は、漏れ入る陽の光のせいで、いつまでもかたちを留めてカーテンの手前で吸い込まれるのを待っている。年明けに更新料を払ったのだから、私が別の街の部屋を完全に引き払ってここに二人で越したのが四年半前、そのあいだに居間のカーテンを取り換えた記憶はない。最近は布が膨らんで、重さにたわんでいるようにさえ見える。

「え、来てないの」

「いや、別に音信不通とか行方不明とかではなく。飲みに来てはないんだけどそれはちょっと事情があって」

「なんだ。焦るよ、お母さんの方に、便りの無いのは良い便りみたいなこと言っちゃったのに、どっかで行き倒れてたら洒落にならないわ」

ははは、と少し笑って長椅子の背もたれの上の後頭部は再び動かなくなった。自分に高額を使う女に隠れてその女の幼馴染と同じ部屋に住む男も、他の女の経血を男の股間を通して見つめる私も、お互いを罵ったり侮辱したりしないのは、自分の言葉が相手よりも自分自身を傷つけるのを無意識のうちに避けているからだ。私は調理台の上の新品の煙草の透明フィルムを剝がし、それと箱の内側の銀紙を丸めて流しの三角の屑入れに放り込んでから、缶入りのコーラと煙草を持って、男の正面に回り込む。サイドテーブルで端を押さえたラグに座り、今度は質問で急かさずに、そろそろ一日を終えたいのであろう男の言葉を待った。カーテンの前の煙は消えていない。

店の中に籠る空気が苺のような甘い匂いでかき混ぜられたと思えば早歩きの姫がデスクの前を横切り、エレベータの前に立った。顔は整っていて肩より少し長い髪は綺麗にブローされて艶があるが、ぽっちゃりとした下膨れの体型にあまり合わない裾の広がった短いスカートを穿いている。壊れるほど連打されたボタンの音と被さるように左側の扉が開き、中から出てきたのは先ほど遠方から来る馴染みの姫を送って行った店の幹部だった。主任という肩書を名乗る彼は代表の一つ年上で、この店で指名を受ける者としては最年長の、髪が黒く肌の青白い男だ。私が声を出さない間に、青白い男は彼にぶつかりそうな勢いでエレベータの中へ突進していった苺の匂いの姫の背中に手を添え、明らかに興奮した彼女の勢いを止めることなく、そのままエレベータの扉をボタンを押して閉め、一緒に下へ降りて行った。

「なんで代表いないの、まだ来てないの」

一人で上階へ戻ってきた青白い主任は何の表情もない声でそう言って、私の座る目の前の間仕切りに手をかけた。会計は終えていたものの、異常な様子で逃げるように帰っていった苺姫をタクシーに乗せたのか、彼の服からほのかに自動車の匂いがする。

「同業に行ってますよ。地下の店」

「バースデー前に余念がないね、VIPの方は今日もお金だけ持ってきたの」

「まだだけど、そうでしょう」

脚の太い苺姫はいつもVIPに座る猫姫と同じ代表を指名して週に二度はやっ

てくる。二回に一度は営業終了間近にそれなりに値の張るシャンパンを注文するので、早い時間に帰るのは珍しかった。月末に大型の祝祭を控える代表男は、いつも以上に系列店やつきあいのある店のお祝いなどに熱心に顔を出して回っているようで、店内にいない時間が増えている。自分のお祝いにも顔を出してもらう算段だろう。

「地下は誰連れて行ってるの」

まだ九時になって間もないせいか店には空席が多く、自分の馴染み客を送り出して暇をしているのか、青白主任は間仕切りについた手を動かさない。エレベータ上の表示を見ると左右ともに一階で止まっていて、すぐに誰かが上がってくる様子もなく、私の手元にもそれほど急ぎで片づけなければいけない作業はなかった。

「リバイブの子だったかな」

区役所の方へ続く坂を下りきる手前にある高級飲み屋の名前に、主任は一瞬考えるような顔をして黒目を斜め上に向けた。苺姫は代表男に呼び出されて早い時間から来店したようだが、呼び出した男は二分だけ席についてオーダーと乾杯を済ませ、別の姫と同じビルの地下の店で開かれているイベントに挨拶がてら飲みに行った。代表としては少しだけ抜けてすぐに戻ってくるつもりだったのだろうが、自分の席で楽しく酒を飲んでいるように見えて気を張り詰めた姫たちの視界は思いのほか広く、勘は鋭い。自分を呼び出した男が何も言わずに他の女と店を出ていったことがわかると苺姫はすぐに目の前で酒をつくっていた若い男に会計をするよう言いつけた。同業店に飲みに行くとき、最もお金をつぎ込んでいる姫を連れて行く者もいれば、常識的で話し上手な明るい姫を連れて行く者もいる。代表男が連れて行ったのは、この街の有名な高級飲み屋に在籍し、雑誌モデルも兼ねる脚の細い姫だった。二日連続で来たことはあるものの、一度も姿を見せない月もある気まぐれな姫は、高額な数字を伝票に残さなくとも自信が揺さぶられないので、飲み屋の男にとって上客となるわけではないが、不満をため込まない点では都合が良いし、何より見栄えは良い。カジュアルなデニムパンツに、裾から少し肌が見える半袖のカットソーを合わせ、混じりけのない仏ブランドの化粧品の香りを振りまくモデルの姫は、店についてすぐに当然のように代表に先導されて飲みに出ていった。

連れて行ったのがモデル姫とわかると、青白主任は低い位置に持った携帯の画面を目を細めて眺めながら、はあともああともとれる返事をした。それから、あの子タクシー乗せたときもう来ないって言ってたよ、とも言ったが、それを口にした彼自身も、また私も、その言葉に言の葉が本来背負うべき意味が乗せられていないことはよく知っている。姫たちは癖のように別れや絶縁を口にするが、口にした別れが実現されるのを、少なくとも私は見たことがない。繰り返される言葉は繰り返された分だけ意味がそぎ落とされていく。思うような効力を発揮しない空洞になった言葉は、そこに苛立つ姫たちによってさらに頻度を上げて繰り返される。虚構の数字さえあれば、誰もが誰かにとって重要な存在になれる街の中で、引き留められることは何も特別なことではない。引き留められているのが本当は何であるのか、それを確認するのは至難の業で、どのような決別の言葉も本来的には何の役にもたたない。実際、本当に姫がここを立ち去ったとしたら、彼女たちの望み通り、男は失ったものの大きさに苦しめられる。そこにだけは確信があるからこそ、別れの言葉はますます呟かれるが、引き留められることも喪失が痛手となることも、彼女たちの本当に欲しかった確信につながるわけではない。一度虚構の数字を纏って姫となった彼女たちは、それを剥がした自分の価値について、おびえ続けなければいけないのだ。だから私は、姫たちの空虚な別れの言葉が、本当に空虚だとは思っていない。

エレベータが近づいてくる音がすると、青白主任は携帯を胸ポケットにしまい、ＶＩＰの角の席使えるよね、と言いながら、扉が開く前に控室の方へ消えて行った。開くと思った扉は閉じられたまま、人を乗せているのであろう箱は七階を通過し、上の階へ行ったようだ。外の空気が流れ込まない限り、店の中の時間は止まっている。私は三日前に自宅で男が言った話をここにきてようやく反芻し、考えてみる気になっていた。

母親の連絡を無視し続けているらしい祥子が私の男を指名しているのは全くの偶然ではない。十年近く前、同じ飲み屋に勤める友人と入ったラーメン屋で私は男に出会った。声をかけられたのは偶然だが、兄のことをよく知っているという理由で仲良くなって、男が勤める店にも何度か安いお金を払って飲みに行った。母が死んで大学をやめてから、そのままこの街のありふれた飲み屋で中途半端な水商売をして愉快に暮らしていた私は彼と一年と少し暮らし、喧嘩別れしたのと同時に美術家の事務所に職を見つけて街を出たのだ。彼の入れているのを真似して入れた刺青は結局消しはせず、しかし色を入れずにやめたので中途半端に腕の外側に残った。男と別れた惨めな身体で男の働く街に暮らすのは嫌だったし、若い私は楽観的だった。

祥子の口から彼の名前を聞いたのは、街を出て三年近くが経ち、ちょうど兄の職場を手伝うという話を検討していた頃だった。

「ねえ、引かない?」

見たことのない安物の服を着た祥子は私を区役所通りの交差点脇にある喫茶店に呼び出し、もしかしたら聞いたかもしれないけど、と前置きしてから、ふらっと入った飲み屋で私を知る男を見つけたこと、共通の知人である私の話で盛り上がり、そのままなんとなく指名したことを話し出した。男は淡路島出身で、島育ちである自分の話題から、相手の地元について聞き出し、郷里話を盛り上げようとするところが今でもある。祥子の口から聞き覚えのある商店街の名前が出たことで、もしかして、と男の方から私の名前を挙げたらしかった。会ったばかりの祥子に男がどの程度私と彼の話をしたのかはわからない。もしかしたら、以前店に来たことがある、という程度の話だったのかもしれないし、姫たちを狂わせることを生業とする男に昔の客の一人と形容されたところで、特に何も思わないほど、その時の私は街から離れて暮らしていた。

祥子の話しぶりから、二人がすでに肉体関係を持っていることも、祥子が店に通い詰めていることもわかった。踊りのお稽古に迎えに来ていた彼女の母親が身に着けていたような服とは対極的な安物の服を着た祥子を見れば、育ちや能力や傷跡がすべて一旦なかったことのように初期状態に戻され、他の場所では通用しない価値に置き換えられていく歓楽街にいることは一目でわかった。そもそもちょうどその二年前から祥子が大学卒業後に勤めたそれなりに立派な会社を親に内緒で辞め、人に堂々と話せるような仕事を持たずに暮らしているのは彼女から聞いて知っていたし、会社を辞めた理由の大部分がこの街の男との関係にあるのも何となく気づいていた。すでに生家に居場所のない私と違って、地元に帰る家を持ちながら親を裏切ろうとする愚かさをそれまでも私は黙って見ていた。狂いたい女が狂っていく際に、同性の友人がかけるべき言葉などない。言葉はいくらでもあるが、かけたところで仕方がない。

自分の知る男の名前を聞いたそのときも、私が彼女を諭したり叱ったりすることはなかった。私は懐かしい名前に苦笑し、祥子の暮らしを詮索することなく会話に相槌をうち、関係のない幼少期の思い出話のほうに大きく反応するふりをした。今から振り返るとその時には、祥子が聞く耳を持たないとわかっていたことが私が何も言わないたったひとつの理由ではないことに自分で気づいていたと思う。商店街の近くに清潔で大きな家を持ち、私立の女子校を出て有名大学から有名な会社に就職した祥子が、やや大きめの乳房以外は何も持たない街の女になっているのを、私は板張りの稽古場で不器用に扇子を振る子供を見ていたときと同じように見ていた。私がすぐに覚えた「紙人形」の踊りも、賢いはずの彼女はちっとも上手にならないのだった。

おそらく指名していた別の男に何かしらの不満が溜まり、淡路島出身の気の利いた男に乗り換えたところだったのだろう。祥子はそれから五年間、一週間や二週間、ときには二か月近く途切れることはあっても彼の店に通い続けている。祥子と話したことがどれくらい関係しているのかは自分でもよくわからないが、私は喫茶店で祥子と会った直後に兄の仕事を手伝うことを本格的に決め、急かされるように美術家の事務所での仕事を辞めた。そこでの仕事に大きな問題があったわけでも、働く私自身に大きな問題があったわけでもないが、辞めてしまえば何の未練もないことに気づいた。今では思い出すこと自体がないのだ。さらに私は三年近く連絡をとろうとも思わなかった男に電話をかけ、八か月後には男と再び暮らし始めた。どのような言葉で別れたのだとしても、女を接客する男は女の電話番号を消去したりしないのも、電話がかかってくれば必ず出るというのも知っていた。私は三年ぶりに彫り師に予約を入れて、気にかかっていた刺青に綺麗な青い色を差して完成させた。

再び一緒に暮らし始めてから、私は彼の店には一度も行っていない。家賃も基本的な生活費も、祥子姫たちの稼ぎから男が出してくれる。そのかわり、私は彼がどこをどう歩いて帰ってこようと、性器に何をつけて家に入ろうと、何日も別の場所で寝ようと、何も言わない。手や口でイカせあうことはあってもセックスはしない。そして当然この街の規則に従って、祥子には何も告げていない。

「もう終わったよ、だいぶ前からお金も使ってなかったし」

疫病の恐怖もだいぶ和らいだ昨年の夏、久しぶりに祥子から連絡がきた。うちの店にやってくる多くの姫と同じように、祥子姫も男と関係が切れたという内容のメッセージを送ってきたことがそれまでにも何度かあった。口に出される別れはやはり実現されることがなく、その二週間後にまた店に行くときには私に連絡がくることはない。縁を切るべき男に走って会いに行く後ろめたさを常備して酒を飲む姫たちは、使うお金の額も店に行く数も少ない方に偽る。

今度の今度は本当に、と強調され、久しぶりに会うことになった夏の日も、私は祥子の言葉をひとつも正面から受け止めてはいなかった。初めて彼の名前を聞いた時と同じ喫茶店の同じ席で、彼と自分の関係がいかに強固に破綻したかを語る祥子の口調は、斜め前から当たる日差しも手伝って不自然に明るく、また周囲が振り向くほど声がおおきかった。白いタンクトップ型の伸縮性のあるワンピースの上に羽織った、ベージュの透けたカーディガンが余計に顔回りを明るく見せていたのかもしれない。大学生の頃も、会社勤めを始めた頃も、それなりに気を使ってもどうしても野暮ったかった彼女の服装は、女の肉体を資本とする生活の中で随分と変わっていた。日舞のお稽古に通っていた子供の頃から、祥子は特に欠陥がないのに時折陰で嗤われるようなところがあった。母親の選ぶやけに装飾の多い子供服のせいかとも思っていたが、会社勤めになりおそらく自分で服を買うようになっても、女に羨ましがられるような存在にはちっとも近づかなかった。三十を過ぎた女があまり立ち入ることのない店のものであろうワンピースも、彼女が着ると少し田舎臭いように思えたが、少なくともお稽古の帰りに母親に同伴されて帰って行った頃の、あの独特の野暮で重たい印象を醸し出してはいない気がした。ただ、それほど混んでもいないし煩くもない喫茶店で、声の音量をうまく調節できていないのは、発する言葉が外側でなく内側に向いているからだと思った。

「もう稼がなくていいから、旅行とかいこうね、ほんと、これからは自分に投資したい。エステとか行こう」

おそらく男に何かしらの無理を頼まれただとか、ほかの客との関係の噂を聞いたとか、そんな理由なのだろうと思ったが、私は特に理由を聞かずに、ヨーグルトにフルーツを混ぜ込んだ飲み物と追加のホット・コーヒーがなくなるまで彼女の過度にすがすがしさを演出した前向きな話に付き合った。それから三日間、旅行や買い物を計画するような内容のメッセージの応酬は続いたものの、一週間もたてば返事はおぼつかなくなり、私が何か投げかけない限り連絡がくることはなくなった。男の口からは祥子と関係が切れたなんていう言葉すら一度も出なかったので、男にそのような意識が芽生える前に彼女は自己完結で機嫌を直し、通常通り店に戻っていったのだと思った。祥子自身は金銭的にも精神的にも苦しい沼から抜け出そうという思いを実際に持っていたのかもしれないが、結局その後、旅行もエステも一度も行っていない。そのことについて私に微かな落胆があったとしても、彼女が深い沼から這い上がることがなく、私が優越感を失わないことの安堵の方がはるかに勝っているのだった。今年に入って彼女の誕生日に送った形式的なメッセージには返事すら来なかった。お金も常識も率先して放棄して男の店で数字を積み上げることに集中する祥子にとって、私はとるに足らない存在ではあっても、祥子があらゆるものを失って作り出したお金はいずれ私の家の新しいカーテンになるのだろう。祥子の母は、私に直接相談したことを内密にしたいようだったし、私と祥子が頻繁に会ったり連絡をとったりしていないことも承知していたので、私は特に何もしない。男から彼女が相変わらず生きて店に通っていると聞くことができればよかった。祥子が親を裏切り続けて遂に帰る場所を失ってしまえば、もっと素直に友人らしく付き合えるのかもしれない。

苺の匂いが消えた入り口に、今度は男物の香水と煙草の匂いを含んだ陽気な空気が入り込み、その空気を追うように地下の店に行っていた代表男とモデル姫がふざけた裏声で冗談を言いながら入ってきた。すでに一度入店しているので、新たな伝票は必要ない。私は姫のほうとだけ目があったので口元だけ微笑んで会釈し、青白い主任の古い客がＶＩＰの角の席を使用する旨を無線機で内勤に伝えた。いつも猫の漫画絵でピンクに飾られる席には、青白主任の誕生日や昇進を祝った際に開けられたコニャックの高級ボトルが並べられる。きっともうすぐお金だけ置きにやってくる猫姫は、店内を奥まで進まないと覗き込めないその席がどのように使われているのかを知ることはない。席についてすぐにトイレに立ったらしいモデル姫の足音と高級化粧品の香りに誘われて顔を左に向けると、私のいる場所からは細身のデニムに包まれたひざ下の長い綺麗な足が軽快に進んでいくのが見えた。

深い時間になりかけたころ兄が珍しく店に来て、地下の店から帰ってきたモデル姫の席に長時間ついて酒を飲んでいたので、ほかに指名卓がなかった代表の男は何度か受付の前を通って控室の方へ行ったり、非常階段の扉を開けて電話をかけたりしているようだった。特に苛立っている様子も焦っている様子もないので、憤慨して帰った苺姫の機嫌は改善したのだろう。夜のうちに修復された心は睡眠の質をあげ、姫たちは明日も酒の残る身体を無理やり起こして、それをなるべく高額のお金に換えるべく一日中働く。毎月の売掛金に返済漏れが出ないように。来月も男に必要とされるように。お金も稼げない女だと見下されないように。高額を使える自分は高額な女だと信じられるように。高額を使えない女を見下せるように。お金を使わなくとも特別な存在だといつかは言ってもらえるように。金づるだと思われたら深く傷つくくせに、お金を使わないではいられない姫たちは滑稽だ。その滑稽さが論理を超えた街に毎夜明かりを灯す。

非常階段の扉が外からあけられ、地上よりはいくらかましな、しかし湿度が高く蒸し暑い空気が流れ込んだと同時にエレベータの電光表示が七階で止まり、中から汗と石鹸が競っているような、風呂屋の脱衣所のような匂いが漏れ出てきた。ほぼ同じタイミングで店のカーペットを踏んだ代表男と猫姫は、お互いを見留めたあとなぜか同時に一瞬私の方を見て、再びお互いを見た。おおともようとも聞こえる声を発した代表男は、手に持っていた携帯電話の画面に半分意識を向かわせながらおつかれと言って、猫姫の肩の、ちょうどバケツ型のバッグの取っ手がかけられているあたりを掴んだ。猫姫の髪は丁寧にセットこそされていないものの、それなりに艶が残り、化粧もまた酷く崩れてはいない。それでも店に飲みにやってくるときに比べて生々しさのある姿は、代表男に至近距離で出くわすことを想定したものではないのだろう。彼女の表情に偶然を喜ぶような光は一寸も差しておらず、目はうろうろと店の入り口を彷徨って落ち着かない。

三日前に前の月のつけ払いを漏れなく支払い、さらに高額を置いていった猫姫は、翌日にはその日の稼ぎのほぼ全額と思われる十一万円を入金し、やはり代表には会わずに帰って行った。この二人が店の外でどの程度顔を合わせ、どの程度言葉を交わしているのかは私の知るところではないが、店の中で長く話をしているところを見かけたことはそもそも一度もない。お金だけ置いて帰るルーティンを始める前から、代表男は猫姫の席に長くついていることはなかった。それはある意味で周囲に親密さを想像させることであって、また猫姫の方も親密さを想像させているという自覚があるのか或いは代表男にそう教えられているのか、特に文句があるようには見えなかった。いまは青白い主任の客の酒瓶が並ぶＶＩＰの角で猫姫の横に座る代表男をたまに見かけても、携帯電話をいじったり、ほかの男にしゃべらせたりしてほとんど言葉を交わしていないのだった。

「これ置きます」

猫姫は横に代表を従えたまま、彼にではなく私の前の間仕切りに、銀行の帯がついたお札を二束、裸のまま置いた。先日置いていった分厚い封筒と合わせれば、すでに代表の今月の売り上げは店で群を抜いて一番になる上に、誕生祝を豪華なものにするにも申し分がない。それでも彼女はその日までは席に座らずに店に通う。鼻にかかった高い声でほかの男たちを鼓舞し、幹部会議などでは伝説をつくるというような文句を恥ずかしげもなく口にする代表男は、月末の小さな伝説の準備を着々と進めているようだった。

今夜本物のお金を誰よりも持ってきたのは猫姫だったが、営業終了前に歌を歌ったのは青白主任だった。猫姫不在のＶＩＰ席に高級ボトルを並べていた姫が、メニュー表で五万円と表示のあるシャンパンを三本注文したおかげで当日の売り上げが一位だったのだ。店内には十年近く前に顔の丸いシンガーソングライターが歌ったアニメ映画の主題歌が流れる。店休日明けのせいか遅い時間から店は混みだしたが、その割にはほかに大きな注文が連続で入り場が荒れるようなこともなかったので、歌詞に似合う穏やかな顔をした姫が多かった。男と女が支え合う多くの恋愛ソングの歌詞は、この街のこの店で聞けばまた別の色味を帯びて、ついいつも苦笑してしまう。会いたいという言葉の残酷な意味も、そこにどれくらいの希望が埋め込まれているのかも、ここでは誰も本当のことを言わない。幸福を向日葵に喩えた歌詞にやはりにやけながら、私はせわしなく追加注文を書き足した伝票を用意した。

「月末のイベントは週明けに一回花屋との打ち合わせいれるから」

できれば来週の店休日について兄と個人的に話がしたかったが、盛り上がった席の空気をそのままにモデル姫と近くのバーへ飲みに行ってしまったようで、代わりに送り出しの後一旦店に戻ってきた代表男が、掃除の終わっている三番席の周りに内勤と残っている幹部を集めていくつか連絡事項を話した。猫姫の入金額について口止めされている私は黙っていたが、すでに通常の誕生祝の規模をはるかに超える祭りが打ち上げられることに、幹部たちはそれとなく気づいているようだった。

「裏引きの方法、伝授したって本当ですか」

一番若い金髪の幹部補佐がその場にいる人間たちにも聞こえるよう内勤の顔を覗き込みながら大きな声を出した。頭の固い内勤に猫姫に伝授するような男を騙すノウハウがあるとは信じがたいが、立ったまま書類の挟まったバインダーをわざとらしく目を細めて見つめ、口元を不自然に膨らませている様子から、何かしらのやりとりがあったと誰もが思った。営業後に光度を上げる天井のライトが眼鏡に反射して、妙な思わせぶりに一定の説得力を持たせている。

「三本ずつ、三人のおっさんから引いてくるって噂あるけど。地下の周年は盛り上がってたんですか」

高級コニャックの姫をどこか店の外に待たせているらしい青白主任は、特にゆっくりくだらない話を続ける気がない様子で、いつでも立ち上がれる体勢で荷物を抱えながらそう言った。店の外では年下の代表とは気軽な口調で話しているが、肩書を纏う店の中では礼を尽くして敬語を使う。

「大したことなかったよ、ただ同業の数は多かったな。あそこの社長、最近やけに有名だからな」

「あの社長、昔俺と指名被りしてたときに、自分の女が俺に妊娠させられたっていって殴り込んできたんだよ、頭悪いよ」

自分に向けられた質問には答えなかった内勤が余計な口を挟む。多くの男が、片手に携帯電話を持って意識の半分をこの場所に、もう半分を携帯画面に映し出される何かしらの情報に割り当てているようだった。私は内勤の後ろに立って、今夜の幹部たちの服装が偶然灰色で統一されていることに感心していた。

このような場に集まる男が、まだ白や黒の薄っぺらいスーツを着ていた頃、雑誌やテレビに彼らの顔がうつることがあっても、多くの姫は飲みに入った店の中で、あるいは道で声をかけられて贔屓の男を決めていた。雑誌で有名になった男を指名したところで、三回も一緒に飲めば与えられる不足と充足は似たような形なのであって、姫たちは自分らに都合のよい物語をただ入れるためだけのよくできた入れ物を探していたのだ。最近になって、以前より人でにぎわっているはずの街に少し空洞があるように見えるのは、店内や路上が抱えていた役割の一部が携帯電話で接続される場所に拡散していったからだ。地下の店の社長も、いち早くそのような半分架空の分野に目をつけていたことで若い世代によく知られるようになった。かつて内勤男と同じ姫に指名されていたというのは納得がいく。自分を無知だと認めないような、張り詰めた顔をしているのだ。

内勤と人事担当の幹部からいくつか新人採用に関する連絡があって、場は流れるようにお開きとなった。体験入店や仮入店期間を経て、印刷した名刺を持つようになる男は応募数の三割にも満たない。名刺を持って働きだしたとしても何の前触れもなく連絡が途切れ、ときにはいざこざを残したまま消えていくのが当たり前の街の中で、人の輪郭は常にぼやけている。どんなに親しい者がいても街から出た途端、本名すら知らないことに気づくのだ。昨夜まで周囲に愛されて笑っていた者が客席に置かれた姫のバッグから貴重品を抜き取って行方をくらませたり、最も聞き分けがよく話の通じた姫が多額の売掛金を残して姿を消したりした記憶が、この街に長くいる者たちの中には澱のようにたまっていて、その絶望が反転したときにこの街での生活は煌めきだす。

デスクの片づけをして店を抜け出した後、私は区役所通りを背にいつもと逆向きに歩きだした。祥子について話した男の言葉が気にかかってはいたが、かといって何かあてがあるわけでもない。タクシーがゆっくり通り過ぎる坂道を左に曲がると、飲み屋が一斉に閉店する時間を一時間近く過ぎているにもかかわらず、路上に追い出されたばかりのような顔をした若い女たちがどこにも向かわない足をあてどなく動かし、忙しいふりが得意な男たちがそれを縫うように歩く、もうずいぶん前から変わらない日々の光景が続いている。疫病禍に途切れたこの街の日常はこの国のどこよりも早く回転しだしたし、一度動き出せばどんなに減速しても、再び途切れることはないのだった。

夕方から降っていた雨は見る限りつい先ほどまで細く長く降り続けていたよう

で、路面の至る所が濡れている。仕事中に羽織っている刺青が隠れる半端丈のジャケットを脱がずに歩き出したせいか、暗い夜にもかかわらず背中が少し汗ばんでいくのを感じた。飲み屋の入るビルの二階へ続く大きな外階段に、明るく脱色した長い髪が白い布地と派手なプリント模様の紙袋の上に覆いかぶさったような塊が見える。かつて舞台で使用された衣装やかつらがゴミとして放棄されているように見えたが、布地からところどころ人の肌が見えているのでおそらくどこかの店の姫だろう。階段下から二段目に頭を乗せて眠っているようだが、暗がりで人肌は時々ゴムのようにも見えるので、あるいはよくできたビニール人形なのかもしれなかった。

三日前、性器に経血をつけて帰ってきた男は、祥子が店に顔を出していないのはちょっとした怪我をしているからだと言った。彼女と連絡が途絶えている様子はなく、おそらく会ってさえいるのに怪我の詳細を話したがらないので、私は直感的にその怪我に男が関与しているのだと半ば確信したが、それを問い詰めることはしなかった。五月の終わりにうちの店の入るビルの地下に続く階段の前で、地下の店の従業員らしき男が若い姫の髪を引っ張って暴れ、それをエレベータ横の壁に何度も打ち付けるので、残った血の汚れを私が濡れティッシュでふき取ったことがあった。時をさかのぼればさかのぼるほど珍しいものではないそのような光景がここ三日間いくつか思い出され、そのたびに私は自分の直感が正しいという気になった。怪我が何かの、たとえば妊娠の暗喩だとしても不思議ではないし、あからさまに私の男が引き起こした祥子の自傷によるものかもしれない。直接的な暴力があろうがなかろうが、少なくとも男がそこに引け目を感じているのは間違いない。

怪我の理由と詳細を聞かないかわりに私は、それがどれくらい命や生活をおびやかすものであるのか、母親からの連絡を私が私の内にとどめている間に彼女が母と二度と会えないような事態になることはないか、そういったことを、カーテンの後ろ側の光がはっきりと高い位置に上るまで問い詰めた。男は煙草を六本吸う間に、訪問型の風俗店での仕事がしばらくできなそうであること、命や会話などには特段影響がないこと、店には来ていないが連絡が途絶えてはおらず、怪我をした後も様子を見に会いにいったことなどを話し、炭酸水がひと瓶なくなったころに経血がついたままの身体を引きずって部屋を移動し、ベッドに横たわった瞬間に寝息を立てだした。カーテンが吸い込むのをやめてしまったのか、煙草六本分の煙はいつまでも部屋の中に滞留し、完全に消えることはなかった。

一ブロックだけ歩いて今度は右に曲がり、あまり人通りのないサウナの前を通って公園のある方へ向かうと、毎日夕方には施錠される公園の前に、中年の男が三人ほどお互いに少し距離を保ちながらしゃべっているのが見える。私の歩く方を向いて立つ一人はずっと笑い顔で、軽い冗談を言っているようだった。直後に彼らの後ろに一人の若い女が男二人に囲まれる形で立っているのが見えて、さらに三歩ほど進むと今度は公園の向かいの病院の前に何人もの女が下を向き等間隔で立っているのが見えてきた。女の姿がないところには二人や三人で話をしている中年の男の姿がある。端に立つ、横に広がった黒いスカートの女は背の高い比較的若い男に指を曲げながら話しかけているが、その隣の五年ほど前に流行った帆布地のバッグを持った女と、さらにその横の派手な化粧の女は首を直角よりも深く曲げて携帯電話を覗き込んでいる。救急受付の入り口を知らせる病院の赤っぽい灯りのせいで、彼女たちの服装や持ち物ははっきり判別できるほど明るいが、人と話している場合をのぞいてうなだれるように下を向いた女たちの表情はまったくわからなかった。私はそのまま速度を緩めず公園と病院の間の道を直進する。男より女の数の方が少しだけ多い。全員がスカートを穿いている以外は女の特徴に大した法則性は見つからず、かといって服装や髪型が彩り豊かなわけもなく、この街に迷い込む娘の多くが団地的な心理環境を引きずって生きているのは明らかだった。不寛容な他者の眼差しから脱出してきたような顔をするくせに、他者の眼差し以外の判断基準を持たない。

私が近寄ると女たちは見上げることなくさらに深く首を曲げるので、顔は余計に暗がりに隠れる。私が自分の携帯電話を何気なく取り出したら、近くにいた何人かが後ろを向いたので、最近では彼女たちの写真を撮るためにやってくる者も多いのだろう。病院の後ろを覗き込むとさらに何人かの女たちが見えたが、そのあたりまでくると今度は男の数はぐっと減る。覗き込んだ頭をすぐに逆の方向に向け、私はそのまま公園の裏を歩いて大通りへ向かった。ここまで歩いたのだから、道を渡って大型のディスカウント店できれかけた歯磨き粉や浴室の洗剤を買って帰ればいい。男の名義で借りているマンションの部屋はできる限り丁寧に磨くことにしている。根本的に寄る辺なき女たちが集まり、何かしらここにいる理由を作り出すことで強固な寄る辺となる街の中で、ここのところ私はどこかよそ者であるような気分から自由になれない。かつて、まだ十代でここに来た頃、私には必ずしもほかに行く場所がなかったわけではないのに、間違いなくこの歓楽街の中心にいる自信があった。ほかの選択肢がぐっと閉じられた今、あの頃持っていた自然な帰属意識が薄れているのは間違いない。スカートを穿いて病院の前に立つ十以上も年下の女たちを、或いは祥子や店の姫たちを小さく軽蔑するものの、兄の名前で辛うじて保持される私の居場所も脆弱なのだ。だからといってどこか別の場所へ行けば、なけなしの居場所と小さな優越感すら手放すことになる。脆弱であっても私にはここにいる理由があり、それはかつて三年間住んだ場所では感じられないものだった。間違いなく寄る辺なき身でありながら街の青写真の一部となれないことへの歯痒さをごまかして私は信号を待った。空が曇っているせいか、あるいは単に夏のせいか、ここのところ月を見た記憶がない。

客用化粧室の片方の個室内で便器が壊れて業者を手配したこと以外、特に変わったことがない週末が過ぎた。店内でかかる韓国のヒット曲の音量をはるかに超える破壊音がして、思わず立ち上がったが、化粧室内に入ってみれば酷く酔った姫が便器に向かって倒れ、便座の留め具と姫の前歯が欠けただけだった。先月の売り上げが十万に満たない掃除番の男を指名する姫は、最も安い焼酎のボトルを使った一気飲みのゲームに負け続けたらしい。店に来ること自体が二度目だったようで、全く見覚えのない顔だった。二つしかない客用化粧室の便器が一つ使用不可となったのが閉店間近だったのは幸運だが、脚がちっともまともに立たない姫を十五分以内に店外に運び出さなければいけないことに店の若い男たちは腐心していた。結局会計は指名されていた掃除番男の判断でつけ払いとして、同じく掃除番の若い男たちが三人がかりでエレベータまで運び、エレベータを降りてすぐ、ビルの外の灰皿を囲むようにある金属製の椅子に寝かせたようだった。営業が終わり、私が下に降りたときには、姫は金属製の椅子と椅子の間にくの字にうずくまり、若干距離をとった植え込みのところに、指名されている男だけが携帯電話でゲームをしながら残っていた。店のおしぼりで吐しゃ物はある程度せき止められてはいたが、眠っている姫の服が本来の位置から大きくずれて、上下とも下着が見えていることは特に誰も気にとめなかったようだ。

週が明けても猫姫は毎日店の入り口までやってきて、その日の売り上げらしい八万円や十万円を置いて帰って行った。入り口で偶然会って以来、店内で代表男と顔を合わせている様子はなかった。代表男の誕生祝が近づいたことで、当日は来店しない姫や同業のよしみの男がお祝いの酒を飲みにやってくることが増えた。ほかの男もお祝いにかこつけて、自分の姫たちにシャンパンの注文を促すので、日付が変わる前から午前一時の閉店までは毎夜激しく音楽が鳴り続ける。私の座る入り口のデスクに店内のしゃべり声がはっきり聞こえてくることはほとんどないはずだが、席が盛り上がって代表男が大笑いしているときほど、猫姫は足早に帰って行くのだった。いつにもまして売り上げを伸ばしている代表は、閉店後も系列の飲み屋や近くのカラオケバーなどを飲み歩いているようで、伝票処理などで私の帰りが遅くなると、区役所通りを大人数で通り過ぎる姿に出くわすことも多くなっていた。

一週間ぶりの店休日まで、結局兄と二人で話す機会はほとんどなかった。全店統一で月曜だった休みを水曜に変えたのは兄の気まぐれだ。土日や祝祭日を休み、平日に企業で働くような男を相手にした店と違って、女が金を払うこの街の店は伝統的に土日や祝祭日を休みにすることはない。だからといって酒を売るという名目の水商売で水曜を休みとするのも珍しかった。数年前には凝ったクリスタルの瓶に入った文字どおりただの水や炭酸水を高額で注文するのが姫たちのあいだで流行したこともあった。うちの店でも羽の生えた水のボトルを卓上に並べて、靴の形の瓶入りリキュールでそれを囲み、いつも乳酸飲料を注文して素面で帰っていた姫のいたのを覚えているが、もうずいぶん見かけていない。

水曜の朝、七時半に二つの携帯電話でかけた目覚ましを交互に何度か止めて、ひざから下を無理やりベッドの下に放り投げる格好でようやく起きると、居間の長椅子で男がタブレット端末の麻雀ゲームの画面を開いたまま力尽きて眠っていた。携帯電話の目覚ましは止めるたびに音量が上がる設定であったはずだが、それで目を覚ました形跡はなく、灰皿にたまった吸い殻の一番上には消さないまま燃え尽きたメントールの強い煙草が灰になっている。その煙草が周囲の吸い殻を中途半端に燻したせいか、居間全体が焦げたような匂いで、私はその空気を深く吸い込まないようにしながら洗面所へ行った。

シャワーを浴びて顔に化粧水を塗り、新しいものに替えたばかりの歯磨き粉を絞って歯ブラシを持ったまま居間に戻ると、おかしな姿勢で寝ていた男が辛そうな様子で長椅子に座っている。焦げ臭い空気はいくらかましになったような気がしたが、私の鼻が慣れただけなのかもしれなかった。付け放しになっていた冷房を消し、私はカーテンを開けずに窓を少し開き、下着の上にTシャツを羽織っただけの格好で窓際に立って歯を磨く。昨日も一昨日も降っていた雨がようやく止んでいることに少し救われた。

「何時に寝たの」

腹痛をこらえるような姿勢で新しい煙草に火をつけた男に、歯ブラシを一旦口の外に出して聞くと、いや、ともうわ、とも聞こえる声からしばらくたって、帰ってきたのは四時前だったというようなことを言った。煙草の吸いすぎで喉がひりつくのか、炭酸水の瓶を口に当ててひっくり返すのだが、瓶はまるっきり空で一滴の水にもありつけていない。私は窓際を離れて早歩きで冷蔵庫まで行き、炭酸の入っていないペットボトルの水を取り出し、男に差し出す。はっきりしない発音でありがとうと言って受け取った彼は、音を立てて蓋をねじり、一気に三分の一を飲み干して、単語をひとつひとつ絞り出すようにして喋り出した。

「なんか、早いけど、出かけるの」

「おばあちゃんのところ。先週の休み、私が施設に行った後に具合悪くなって、念のため入院させるって連絡あったの。だから病院」

「病院って今、もうお見舞いいけるの」

「予約して短時間だけね。でも頼んで午前中いっぱいいられることになったたから、早く行くの」

「そうか、よくなるといいね」

歯ブラシを口に出し入れしていたせいで、歯磨き粉と唾液の混ざったものが口角から溢れそうになり、私はそこで一度洗面所まで戻り口をゆすいだついでに日焼け止め乳液を額や頬に乗せ、それを指先で肌の上に広げながら再び居間のほうへ歩いた。半分残った煙草を灰皿の縁に押し付けて火を消した男は先ほどまで私が立っていた窓際に立ち、珍しくカーテンを身体の幅ほど開けて外をぼんやり眺めている。私はキッチン脇の壁に寄りかかって、未だ昨夜と今朝のあわいにいる男がベッドのある部屋に行く前に聞きたいことを聞いた。

「祥子ってどうなってるの、その、怪我とか」

「一回入院して、いまはもう家にいる」

四年半分のこの部屋の空気を吸ったカーテンの端を摑んで顔の左半分を日に当てながら、私の方を見ているような、しかし目は見ていないような角度で男が答える。

「仕事とか生活、っていうかお金とか、大丈夫なのかな」

「店には出てないだろうけど、ま、それなりにお金出してくれる客とかはいるんじゃないかな」

祥子の生活を心配するふりをして、彼女がこの男のもとへ通い続け、現実と虚構の間にある数字を残し続ける循環が、今も不全なのかどうかを気にしている私は、自分のその破綻した考えが顔の外に漏れ出ないように気を付けていた。父親の死ですら彼女が街を出る契機にはならなかった。遺産や香典も、男を指名する店の中で得られる一時の優越感の足しにしかしなかった。母親を不安に陥れて毎夜狂騒の中におぼれる彼女は間違いなく深く沼に堕ちている。この街を出れば私よりもずっと恵まれた生活を送るはずの女が、怪我か妊娠か、あるいは心の怪我なのかは知らないが、これまでの循環の外に出ることを私は酷く恐れているようだった。それは祥子の身体や命が脅かされることへの恐怖を装っているが全く別種の、利己的な恐れでしかない。この街でもがく彼女を間近で見ることが、唯一板の間を足袋で滑りながら不器用にもがく祥子を見ていた幼い日の記憶の中に私をとどめてくれる気がしている。幸いこの街は、祖父が死んだことも母が死んだことも、祖母が和服を着てお稽古場に立つことはもうなくなったということも、最初からなかったことにしてくれる。

これ以上この場にいれば、何か思いもよらない言葉が聞こえてしまうか、あるいは自分が何か思いもよらない言葉を発してしまうかしそうで、でも回復してるなら安心かな、と核心をつかないまま会話を終わりにするような言葉を口にして、私は洗面所へ戻った。髪を整え、簡単な化粧をして居間に戻ると、カーテンは閉められ、男は寝室へ行ったのかもうそこにはいなかった。私が冷蔵庫から出した水のボトルは寝室に持って行ったのか長椅子の近くには見つからず、私は灰皿と炭酸水の空き瓶を片付けて、カーテンを一度めくって窓の鍵が締まっていることを確認してから玄関を出た。

昼間の病院前にも大抵男の客を待つ女たちが数人立っているが、さすがに朝九時のそこは、病や怪我を治す公共の施設と解錠したばかりの公園に挟まれた、市民のための公的な空間でしかなく、別の顔を持つことはきちんと隠されていた。

ただ、病院の入り口は病院を病院として使う人でそれなりに混雑していたので、私は歩く速度を少し緩め、そのせいで正面入り口脇の植え込みに、若い女が時折鞄に括りつけている小さなぬいぐるみが雨を含んで落ちているのを見つけた。どういうわけかガラスの自動扉を入る直前まで、ぬいぐるみから目を離せなかった。

祖母を地元ではなくこの街と同じ行政区内の高齢者施設に入所させることは、兄と私のあいだで話して決め、兄がほとんどの費用を捻出した。兄がここから出ていくことはなさそうだったし、当時別の街で働きだしていた私も、母の生きた証が隠滅された地元より、兄の妹として小さく歓迎されるこの街の方が帰りやすかった。兄の仕事を手伝うという話が出たのも、祖母の顔を見に行くたびに私が兄に連絡して、街の喫茶店や兄の家で頻繁に会っていたからだ。この街に戻り男と同じ部屋に寝起きするようになって、疫病禍となる前は休みの日だけでなく仕事の前の時間を使って週に二、三度は祖母に会いに通った。日舞のお師匠は姿勢が良いのか、施設内でもそれなりの人気と敬意を集めていたし、骨が悪いせいで何度も骨折した脚こそ不自由だったが、喋りや食欲は快活だった。施設で昔話をする祖母や祖母と親しくなった老人たちの輪に入っている時、私は歓楽街にいるのとはまた別の、正当な理由を与えられて存在している感覚を持てるのだった。祖母は母と同じように私をサキちゃんと呼ぶので、他の老人たちも真似してそのように呼んでいた。だから疫病禍を経て久しぶりに祖母の顔を見たときの、はっきりとしない眼差しや音を出すのが億劫そうな話しぶりは私を酷く焦らせた。

私が中学を終える前に祖父は自宅で首をつって死んだ。高校を出ていた兄はすでに実家にはおらず、私と両親は一泊で旅行にいっていたので、発見したのは上階でお稽古場の掃除を終えて降りてきた祖母だった。問題がないように見えていた祖父の事業は多額の負債を残して破綻したようだが、それでも我が家が家を失うようなことにならなかったのは、祖父が命を犠牲にしたおかげだと祖母は何度も言う。

ただ、祖父の死は私に、家がなくなるような恐怖をもたらすことはなかった。もともと商売が苦手な父は非常勤で大学で教えながら友人の経営する小さな出版社を手伝っているだけで、家を経済的な意味で支えていたのは祖父だった。生活は極端につつましいものになったが、母は相変わらず誰もが自信を失わないですむような強力な愛情を家族全員に向けていたし、踊りに定評のあった祖母も小さなお稽古場を続けた。私は若い身体を両手に持って、大学入学と同時に兄のいる近くに部屋を借り、何かを失うつもりなどなく若い女の特権を利用して贅沢もした。高校時代に脳内でしか手に入らなかった高級化粧品も輸入ものの靴もすぐに手に入れることができた。若い女だった私は兄の成功とは関係なくこの街に今よりずっと確固とした居場所があると信じられた。だから地元とは違う時間が流れるこの街で、何度も母の電話を丸一日無視しては小言を言われた。つつましい生活を送りながらもつながりや会話を絶やさない生家を煩く思ってはいたが、それでも母はあきらめずに夕食に誘ってくるので、たまには家へ帰った。母が死ぬまで、私には帰る家があり、そこには兄も時折顔を出していた。

ガラスの扉を入ってすぐの総合案内に聞いて受付を済ませ、番号を頼りに上階にあがる。祖母の病室は四つのベッドがある部屋だった。入り口でも消毒した手を再度消毒してから名前の書かれた奥のカーテンを開けると、私の記憶より二回りも小さい祖母は目をつぶって少し身体を傾けたまま眠っていた。タオルケットは腰の一部にかかっているだけで、寝間着をつけた身体がほぼむき出しになっている。踊り手だったことが信じがたいほど細くなった脚は、寝間着の上からでも骨の形がわかるほどで、短く切った髪から覗く首筋は頼りない皮膚が血管に張り付いているだけに見えた。九十を超える祖母は、退院するつもりで入った病院にそのまま二か月も閉じ込められて死んだ母とは対極的に、役割を終えても動き続ける質の良い臓器に本人の意志とは関係なく生かされている。

母がいなくなって私の生まれた家は形を保つことができなくなり、内側から瓦解した。最初に家の外に心の置きどころを見つけたのはすでに地元から離れてこの街で暮らしていた私や兄ではなく父だった。少なくとも私にはそう見えた。でも父のほうからすれば、私や兄はとっくに父母や家を捨てたように見えたのかもしれなかった。たしかに私も兄も、日が暮れても遊んでいる幼児を連れ戻しに公園へやってくるような、強引に手を引っぱる母のしつこさによって辛うじて家につなぎ止められていただけだったので、そう思われても仕方なかった。

葬式を終えて、納骨や役所の手続きがすべて終わっても母のいない絶望から抜け出すことのできない父を、当初私はこのまま死んでしまうのではないかと危ぶんでいた。やがて父は命を落とす代わりに、無理やり作った恋人を家に住ませるようになった。最初に兄の部屋が片づけられ、次に私の部屋も大幅に改装された。その間に母の残したものがほとんど処分されていることに、私は翌年の正月まで気づかなかった。私の生まれた証拠が丁寧に隠滅された家はもうどこか他所の家と変わらなかった。次第に愚痴の多くなっていた祖母は商店街に出る坂道の角で転んで大腿骨を折り、入院した。そのころにすでに女たちがお金を払って苦痛を買っていく店をいくつか経営していた兄が、驚くほど高い高齢者施設の入居費用を負担できるほど豊かになっていたのは私や祖母にとって幸運としか言えなかった。かつてお弟子さんたちからの月謝でそれなりに立派な収入のあった祖母は、夜に病院前に立ってホテルで客をとるような女たちの稼ぎによって環境の良い施設の綺麗な一室に入り、少なくとも疫病禍の前までは機嫌よく私を出迎えてくれた。そしていま夜には女たちが周りをかこむように立つ病院のベッドで、身動きがとれなくなっている。

　私は声をかけずに三十分近くベッドの横に座っていた。祖母の寝顔は窓から差し込む光と逆を向いていて、そのせいかとてつもなく疲れて見えた。身体の力を抜いて横たわっているものの、眠りがその疲れを癒しているようには到底見えない。口は閉じられ、その周囲や眉間には不自然な皺がよっている。廊下の方から微かに金属音や人の足音が聞こえてくるものの、部屋の中は十分に静かで、しかしその静寂の中でも寝息の音は聞き取れないほどか細い。今の祖母には眠ることさえも、未だ止まらない臓器に押し付けられる負担なのだと思うと、彼女の死を許す準備のない自分自身が酷く不寛容な存在に思えた。わずかな理由で離れられない街にすら、はっきりと所属しているようには感じられない私にとって、形がなくなったとはいえかつてあった家の破片は手放してはいけないものなのだった。数えているお金は同じ柄の同じ形のものでも、美術家の事務所で働き始めたことを、怪我をする直前の祖母は祝ってくれた。しかし何のゆかりもない場所で誰にでもできる仕事をしていると、私は自分の不足ばかり気になるようになり、結局この街に戻ってきてしまった。兄の会社を手伝うことを祖母はそう、とだけ言って笑顔で頷いてくれたが、瞳の奥に微かな落胆が見えた気がした。私が青色が入って完成した刺青を見せたときも祖母は、母が生きていたら怒ったかもしれないというようなことだけ言って同じ顔をした。

「私が最初に踊ったのは雨降りお月であっていたっけ」

眠っていた祖母がふと細目を開けたように見えたので、私は病室に入って初めて声を出した。窓の外は明るく、薄いカーテンを少し開けると先ほどより祖母の血色がまともに見える。今ではどこにもその証拠のない私の幼少期が、確かにあったのだと信じたくて私は、聞くまでもなく覚えている演目をあえて口にした。祖母は質問の意味を聞き取るにはまだ微睡む意識の中にいるようで、私が声を発したということだけ辛うじて気づいたようだった。

「来てたの」

祖母はこの場所を少しずつ認識するように時間をかけて頭の位置を変え、目線を少し窓の外にむけたあと、私を見た。私は祖母の再び眠るのを引き留めるようになるべく時間をあけずに口を動かし続けた。かつては軽快だった祖母の返事や相槌は、次に話をふるのをためらうほど小さく、また不規則だったが、私はしゃべるのをやめられなかった。

「すぐに来られなくてごめんね、いま病院ってあんまり長くいられないんだよね」

「そう」

「祥子ちゃんて覚えてるでしょう？　小学校の頃、私と同じ若紫の踊りまで習って、学校が遠くて大変だからってやめちゃったけど。あの子のさ、お母さんてちょっと変だったよね。踊りの会で高い着物着てたよね。毎回迎えに来るのも今思えば過保護だったよね。祥子って、せっかく中高から大学まで上がれる女子校に通ったのに、今は風俗しかしてないんだよ」

祖母は私を気遣ってか、少しだけ口角を上げて、時折見当違いな場所で首を頷くように動かした。この街の姫たちは指名する男をすべての事象に優先しているから、平気で持っている居場所を捨て、幸福を捨て、約束を捨てる。親の死さえも彼女たちの行動を大きく変えることはない。一人しかいない肉親である母親の香典を、香典袋のまま店に持ってきた姫が昔いたことをなんとなく思い出した。万人からその生活を気にかけられ、呆れられ、救いの手が四方から伸びてきても、それらは街の外から微かに聞こえる雑音にしかならない時期が、私にもあったはずなのだ。夕食に誘う母の電話には数回に一度しか出ずに、祖母がなけなしの貯金で入れてくれた大学は母が死んで一年も経たずにやめてしまった。それでも私は私よりずっと揺るぎない家に暮らしていたにもかかわらず、それを無下にして男のもとに通う祥子への侮蔑や、強く縛りさえしなければお嬢様校を出た娘をこの街に追いやることもなかったはずの祥子の母への憐みが、自分の内側に育っているのがわかっていた。それは過去の自分への憎しみを覆い隠すように日に日に大きくなっていく。

「はやく病院でられるといいよね」

身体を治して施設に戻ったら、年老いて踊らなくなった祖母が熱心に続けていた趣味の紙クラフトを一緒にやろうという話をした後、私は念を押すようにそう言った。祖母はもう目を開けていない。ただ、カーテンの開いた箇所から注ぐ夏の日差しに照らされて真上を向いた寝顔は、話をする前よりは幸福なもののように思えた。病院から告げられた退室の時間まではまだ少し余裕があったが、私は音をたてずに座っていた椅子を引き、ベッドを囲むカーテンをかきわけるようにして外へ出た。思えばもうずいぶん長い間、私は祖母に名前を呼ばれていない。祖母にかかっているタオルケットの位置を直そうとしたが、ちょうどその端を祖母の腰が挟みこんでいるようで、ほとんど動かすことができなかった。

祥子と会ったのは、祖母の病院を出た後にパチンコ店で暇をつぶして帰った休日から三日たち、代表男の大々的な誕生祝が一週間後に迫った日の午前中だった。店休日明けには猫姫が再び帯のついた札束を持ってきて、やはり店内には入らず帰って行った。いくら出勤時間を伸ばしたところで一日二日で作れる額ではない現金を持ってくるのはもう三回目だったし、それ以外の日も日給すべてと思われる額を持ってきていたのだから、誰かが聞いた内勤の入れ知恵は思いの外とても有用だったのかもしれない。撮影の仕事をしたところでこれほどの高額を月に何度も手にするのは不自然だった。私は帯を外した札を計数機にはめ込みながら、眼鏡にシャンデリアを映していつも通りわざとらしく気難しい顔をする内勤の横顔を気にしていた。なだれのような計数機の音は、そこを通る札が背負おうとする意味を一旦すべて外して、均等な価値に整えてくれる。誰かの死を弔うオカネも、身体を切り売りして得たオカネも、見知らぬ人の財布から抜き取ったオカネも、同じ音をたてて奥から手前へとなだれこんでいく。それが純粋に何かを祝うために使われようが、自分の稼ぎを周囲に知らしめるために使われようが、他の姫たちの席から男を引き戻すために使われようが、お札に印刷された顔が何か喋り出すことはない。

その翌日も猫姫はやってきて、やはりその日の自分の売り上げらしきお札を七枚置いていった。ちょうど前月の売り上げが店内で一番高かった若い金髪の幹部補佐の最も気前の良い姫が、代表男の前祝と称して来店し、店内はシャンパンの栓を開けるための煩い音楽が何度も延長されている最中だった。その日は私と一歳違いのその気前の良い姫が強く希望したので、営業終了後に系列店へ移って飲み直している会に私も遅れて参加し、いくつかカラオケを一緒に歌った。兄にはそのような場に付き合うことを極力避けるように言われているものの、価格の高いシャンパンを四本も追加注文した姫をしらけさせるわけにはいかなかった。ポルノ女優としてはそれなりに売れっ子の姫は、同じバーで飲んでいた女性二人組に頼まれて写真撮影をしていたがその後に酔いつぶれて、会計も終わらせずに金髪の幹部補佐に抱えられて店を出て行った。系列店の責任者に幹部補佐のつけ払いにするように言いつけてから、私もすぐに帰宅したのだったと思う。朝から降っていた雨がまだ不安定に空をうろついていて、私は角を曲がるまではそのまま小走りですすんでいたが、結局バッグの奥にいれてあった折り畳み傘を開いて差して歩いていた。

すでに午前三時を回っており、自宅のマンションから一番近いコンビニで同じ部屋に帰る男と偶然一緒になった。どこの姫となのかはしらないが、彼は少し離れたところからも聞き取れる声で電話をしながら冷凍のたこ焼きを三袋も買い物かごに入れてレジに並んでいた。私を見つけて手でよくわからないジェスチャーをすると、そのあとに話を切り上げて電話を切り、レジでたこ焼きと一緒に自分の煙草と私の煙草を買って機嫌よさそうに私の肩を抱いて店を出た。私の煙草は部屋のキッチンにまだ十分に積んであり、今は栄養ドリンクとヨーグルトを買おうとしていたのだとなんとなく言いそびれて、されるがままに久しぶりに部屋の外で見る男の傘に入り、自分の折り畳み傘のほうは取り急ぎ簡単に畳んで手に持って歩いた。

まだ私がこの街の飲み屋で働き、彼の働く店にも稀に飲みに行くことがあった頃、私の店が休みの日曜に彼の店に遊びに行って、店がはねた後に一緒に帰るために近くのコンビニで待ち合わせたことがあった。その日も雨が降っていたので私は店内で、大して興味のない料理雑誌や占いの本を捲りながら時間を潰し、我慢できなくなってトイレを借りて出てきたら彼がちょうど閉店後の申し合わせを終えてコンビニにはいってきたところだった。同じように二人分の煙草をレジで買って外に出た瞬間、同じ日に店に来てシャンパンを注文していた彼のもう一人の姫が、なんでともいやだとも聞こえる雄叫びに近い声を上げてビニール傘の先端を彼に向けて振り下ろしてきた。たまたま見ていた店の先輩が二人の間に入り、短い話し合いの末に姫をタクシーに乗せてくれるまで、私はコンビニの店内に隠れて姫の泣きながら抗議する姿を見ていた。振り下ろした傘はそのままアスファルトの路面に投げ出されていて、彼女はどんどん濡れていった。姫がタクシーに乗り込んだあとも、傘はコンビニ前の濡れた道路に落ちたままだった。彼は先輩に短くお礼ともお詫びともとれる礼をして、その際に一言二言苦言を呈されたようだった。私たちは姫が乗り込んだのと同じ方向のタクシーを拾い、今のマンションよりさらに東へずっと進んだ先にあったそのころの小さな部屋まで帰った。一瞬の出来事になぜか私は酷く興奮してずっと笑っていた。

それからしばらくそのときの話をして笑い合うことが続いたが、私はなんとなく彼の店に飲みに行くのはためらわれる気がして、結局あれから一度も行っていない。私にとって、姫たちが身を削って捻出したお金を家に持ち帰ってくれる男が自尊心の要のようになっていった。私も払った金額分は十分楽しんでいたはずの彼の店の中でおこなわれることが全部哀れで惨めなもののように思えて、いつからかそこへ足を踏み入れないことが重要なことと思うようになった。すべての姫が、あのコンビニの前で濡れていた姫だった。店の外で彼と出会った私は姫たちと違う盤石な関係を築いており、身体を売って彼に現金を運ぶ姫たちとは違うのだと信じられた。理解のあるのを示したくて、彼が私とのいかなる予定にも優先して姫たちと出かけるのを、私を養うための行為だと思うようにした。ただ、私と同じ飲み屋の性格がきつく脚の細い嬢から、彼が何人かの姫の家に出入りしていることと、そのうちの一人が結婚をささやかれたと話していたことを聞いてから、お金を払わない優越感だけでは家でおとなしく待つことができなくなり、やがて別れた。そもそも彼といることを、幸福で気楽だと思うことはあっても楽しいと思うことがなくなっていた。

コンビニから今のマンションの入り口は息を止めている間に着くほど近いが、それでも過去の経験から私はなるべく顔を伏せて足早に、大股の彼をさらに急かすように帰った。雨は弱く、男のビニール傘越しに靄のかかった月が見えるような気がしたが、私は気もそぞろに周囲を気にしていた。珍しく私も酔っていたので、化粧も落とさずになんとなく一緒にベッドに入ったが、もう祥子のことを聞くことはせず、なんとなく話しかける言葉を探していたら、後ろから私の身体に手を回した彼は十秒も待たずにはっきりとした寝息をたてていた。私は十分以上動かずにいたが首の後ろあたりにある彼の顔から、果物系の香水の匂いが漂ってくるのが気になって結局眠れず、寝床を抜け出して顔を洗って歯を磨き、シート状のパックをして四時すぎにようやくベッドの端で眠りについた。彼の寝息は一度も途切れなかった。

明るくなって目覚めると雨が止んだことを知らせるような生き物の鳴き声が聞こえ、ベッド脇のブラインドから漏れる光は雨の季節を抜け出したようにはっきりと熱を含んでいた。男は私に背を向ける形で窓側の壁に身体を押し付け、ベッドに入った直後と同じリズムで寝息をたてている。ブラインドから差し込む棒状の光が、彼の身体にいびつな縞模様を描いていた。私は買いそびれたヨーグルトがないことに気落ちして、久しぶりに飲んだ強い酒がまだ血液の中に滞留しているような気もしていたので、大通りを渡ったコリアン街まで歩き喫茶店で本でも読もうと、すぐにシャワーを浴びて支度をした。あまり気を遣わずに寝室の手前の小部屋から洋服を出しキッチンの蛇口を強くひねっても、男の寝息がやむことはなく、私も彼の寝顔を見に寝室に戻ることはなかった。

休みでない日にしては珍しく早く起きたのだから午前中のうちに祖母のいる病院に寄りたかったが、混雑する土曜に予約なしで入るのは難しいだろうかと迷い、でもせっかくだからと思い直して、私はすぐに大通りを渡らず、ひとまずそのままガード下に向かう道を西へ歩いた。ちょうど公園の側面に出る道で左折し、病院正面口が見えだしたとき、間違いなく祥子がそこにいた。昨夜の雨で雲を使い切ったかのように空は明るく、日差しは肌を焼くほど強い。かなり遠いところから地元の幼馴染の姿を見分けられたので、逆に自分の目に騙されているような、的外れの蜃気楼を見せられているような、疑わしい気分になったが、それは近づいてみても現実味を失わない祥子なのだった。

見たことのない傷だった。顔の横半分に小さな縫い痕が狭い間隔で無数に並び、ところどころ皮膚がつれている。首や二の腕にも、少し間隔は広がるものの傷を縫った痕があって、手首に近い場所には一か所だけ八針ほど縫った最も大きな傷があった。傷の内側の肉体はさらに私を驚かせた。この街のぬかるみのなかで、地元で見かけていた大学生や会社員のころの印象に比べてかなり不健康な肉がついていたはずの腕やあごの下は肉が削げ落ち、いつも白粉の色が合わずに浮いているように見えていた顔は、化粧をしていないにもかかわらず透き通るように白い。傷の赤黒い縫い痕が肌に差し色をしているせいで、余計に白く輝いて見えるのかもしれなかった。傷は近くで見れば生々しく不気味ではあったが、その異常な傷が全身から余分なものを吸い取っているかのように、祥子は細く、また白かった。野暮ったさが抜け落ちて怪しさすら塗された幼馴染の身体に、私はしばらく見入っていた。

私が先に気づいて、あと五歩も進めば祥子のその奇妙な傷に触れることができるほど近寄ってやっと祥子のほうも私に気づいたようだった。なぜか驚きよりも恐縮するような、自分の失敗を嘲りわらうような顔をして手足をあたふたと動かしながら祥子は私の到着するのを待った。ぎくしゃくしたその動きは、似合わない妖艶な踊りを懸命に覚えようとしてはうまくいかず、お稽古場の良く磨いた床板の上で足袋を滑らせていたころからあまり変わらないが、湿度を含んだ日差しを浴びた場所ではその不器用さは些末なことのように思えた。男相手に裸になる女によくある、上下にちぐはぐないつもの格好をせずに、簡単なTシャツにくるぶしまである太めのパンツを合わせ、布地のバッグを持っただけの祥子は、どうしてか朝のこの街の景色に誰よりも先に溶け込んでいくような儚さすらあった。私は声を聞く前から、怪我についても彼女についても男についても、私の想像が大きく的が外れたものだったと悟った。酒瓶や灰皿で殴られた女も、壁に顔をこすりつけられた女も、煩い音楽に男たちの合いの手が響く飲み屋の席で突如グラスをたたき割り、自分の身体に傷をつけだして店内を騒然とさせた女も、堕胎直後に酒を飲んで倒れた女も見たことがあったが、祥子の顔のようになった者は誰もいなかった。

見られたくなかったな、と彼女は内側ではなく外側に向かう自然な声で言った。聞くまでもなく、その傷は飲み屋の男と女の間でできたものでないのは明らかだった。だからといって何か具体的な形が浮かばない不可思議な傷につい目線が行ってしまうのを私は止めようとは思わず、むしろ傷を露骨に気にする素振りを見せて、何かしら彼女の話が始まるのを期待した。私たちはいつの間にか、病院の植え込みに並んで寄りかかっていた。夜には客を待つ女が並んで立つ場所であることを忘れたわけではなかったが、私も祥子も首を曲げて下を見るのではなく、むしろ視線を少しあげて、同じ公園の方をまっすぐ向いていた。私が時々祥子の顔を見ても、祥子は前に向けた視線を動かしはしない。

この街で何度お金と交換してもなくなることのない魔法の身体を持った若い女たちがもうすぐ集まってくるはずのそこは、その時だけはまるで私と祥子のために誂えたように誰もおらず、またほとんど誰も通らなかった。見舞客で混んでいるはずの病院の入り口も、どうしてかその時に限って人の出入りがないのだった。高いところに上った太陽が、夜の間に降って、そのまま夜に持ち去られた雨で水滴が残る植え込みの植物を照らし、私たちは新鮮な果実を握りしめたような潤いに囲まれていた。たった三日前にそこにあった土に汚れたぬいぐるみはもう見当たらない。いつもなら植え込みの中に必ず一つや二つあるはずの煙草の空き箱もペットボトルも、どういうわけか一切なかった。

びっくりするような事故でね、と祥子は調節の効いた聞きやすい声で話し始めた。鍵の開いた公園の中ではこの街と無関係に見える健康的な男の子たちがバスケットボールのゴールに向かって気まぐれにボールを投げている。

私と住んでいることは知られていないはずの男が、祥子に強く口止めされていたことも、先週から母親とはようやく電話で話すようになったことも、それまで連絡ができなかったのは、傷が痛くておかしな喋り方になるからだったということも、もう少し傷が癒えて、母親をあまり悲観させない程度に化粧でごまかしがきくようになったら会いに行くつもりだということも、私はそのとき、初めて知った。祥子が店で客が引けない時に時折ここに立っていたことだけは、なんとなく以前から知っていたような気がした。むしろ私は祥子の仕事について、祥子の口からはっきり聞いたことはないのかもしれなかった。

私が諦めと言い換えていたものが何であったのか、なんとなく言葉にできるような気がしてきたのは祥子と会ってから丸二日たってからだ。週末に盛大な誕生祝を控える店は、その週に限り水曜に加えて月曜も店休日としていた。男たちはそれぞれイベントに来店してくれるはずの自分の姫のご機嫌をとりにでかけたり、街の中にいくつもある違法店で賭博をしたりしているようだった。私は祥子と会った後に病院の受付で手続きをすませ、月曜の午前に祖母に会うための予約をしてあった。祥子と長く一緒にいたわけではないが、あの日は結局祖母の病室にもコリアン街にも行けなかったのだ。

祥子の傷は、たしかにこの街のなかで、しかし街で働く男たちでもそこへ通う姫たちでもなく、近道をしようと狭い路地に迷い込んだ近隣県の運搬車によってつけられたものだった。繊維関係の企業が所有するその運搬車と飲料を運ぶ小型トラックとの複雑怪奇な衝突に巻き込まれた祥子が、骨や臓器を激しく損傷せずにいたこともまた怪奇のような話だった。どちらの車の下敷きにもならず、しかし回転した運搬車によって内側に弾き飛ばされた彼女自身にも、無数の傷が一体どのようにできたのかの記憶はないようだった。病院のすぐ裏で事故に遭ったのが不幸中の幸いで、救急車に乗り込むことなく運び込まれたのが、私の祖母の入る病院だった。夕方の出来事だと言っていたから、病院の裏で客待ちをしていたのかもしれないと思ったが、私はそれを確かめることはしなかった。

果たして私はどれくらい植え込みに座っていたのだったか。祥子の話が私の想定する現実というものを大きく外れていたせいで、聞いている間中、時が止まっているように感じられた。私は問い詰める温度にならないよう気を配りながら、話の途切れるたびに何かしら言葉を挟んだ。生活費や治療費について聞くと、私と住む男が事故の前月に祥子が店で使った売掛金を立て替えてくれたため、ちょうど入金日を控えて用意していたまとまった現金をそのまま食費や病院の費用に充てられたというようなことを言っていた。最も酷く怪我をしたのが顔だったため、食事ができるようになるまで時間がかかって痩せてしまったとも言っていた。切り傷は多いが下の前歯が二本欠けたことと三か所ひびが入った以外、骨に大きな損傷はなかったらしい。

　私は自分の話す言語には、不運に見舞われた人に掛ける言葉が極端に少ないことに気づき、この場にそぐうような言葉を口にしようとするたびに、それらが嫌味や冷酷な冗談として日常的に使われていることが気になって、あまりしっくりくることを言えなかった。彼女の境遇に心を痛めていると伝えられていない気がするのは果たして語彙の問題なのか私の倒錯の問題なのかどうかもよくわからず、同情のかわりに事故を起こした者に対する怒りをいくつか挟んで、気づけば質問ばかりしていた。ただ、男に口止めした理由と私に怪我の連絡をしなかった理由だけは、何度か言葉を変えて聞いても明確な答えがかえってくることがなかった。単に男と私が連絡を取り合うことが嫌だったのかもしれないと思ったが、頭上の一番高いところまで上がりきる直前の陽の光が周囲の植物を経由して祥子の身体を柔らかく包んでいたせいか、私はそれ以上意地の悪い想像をする気にはならなかった。

悪意よりもさらに醜い感情で数字が積み上がっていくように見えていた街は、私の想像を超えて複雑で、或いはもっとずっと単純なのかもしれなかった。土曜日だったその日も翌日の日曜も、欠かすことなく猫姫はやってきて、束というほどではない、しかし一日の稼ぎとしては十分に説得力のあるお札をデスク前の間仕切りに置いて帰った。代表男は花屋を呼び、当日の飾りつけの最終確認と前払い金の支払いを済ませていた。誕生祝当日はＶＩＰの中ではなく、最も目立つ手前のホールの奥一面に、大型の三角錐が三つ連なるような、横幅のとてつもなく大きいグラスのタワーが設置され、その日にしか使われない写真付きのパネルがそれを囲うようにはめ込まれるようだ。猫姫の希望は目立つ場所に飾られるバルーンを猫の漫画絵のついたものにすることと、シャンパンを注ぐグラスのタワーをリキュールと花で濃いピンクに統一することだけだったようで、その大きさや使用するシャンパンの銘柄は代表男が決めたらしかった。猫姫の入金額はすでに、価格の高い酒を使って大型のグラスタワーを満たし、店中豪華に飾り付けてもはるかに余りあるものになっていた。代表男は入金された額を超えて来月の入金日までの猫姫の収入を加算した額を綺麗に使い切るつもりらしく、私も面倒な酒の仕入れを押し付けられた。

　コーラや乳酸ジュースを使って数百万のタワーをした人もいると聞いたことがあるし、このような店のフィクショナルな数字はいかようにも操作できるはずなのに、あえていま入手が難しい酒を頼むのは、代表男と猫姫との間にある何かしらのくだらない物語に由来する拘りなのだろう。まだ母が生きていたころ、そして私が若い肉体を抱えてこの街にやってきたころ、クリスタルガラスのブランデーは男たちの働く店でちょっとした記念日や月末の売り上げ競争でも注文されていたが、今では入手が難しいだけでなく酒屋の卸値自体が高騰しており、うちのような店での取引価格はその頃の三倍近くになった。きっと聞いてしまえば拍子抜けするようなその理由を想像するのが可笑しくて、私は喜んでその頼まれごとを引き受けた。街のコニャックの高級ボトルを多く扱う業者に電話をかけ、一軒目の電話口ではインターネットサイトでの購入を勧められたが、パソコンを叩いてみると期日までに確実に手元に届くか怪しかった。結局業者に頼ることにしてさらに三軒に電話をかけ、ようやく頼まれていたブランデー二本を仕入れる目処がたった。伝統、を意味する名前が付けられたその仏製のクリスタルガラスの瓶は、砂時計を模したようなくびれた形をしている。

休み明けの火曜中には酒屋が用意してくれる旨を、猫姫が十一枚の紙幣を持ってきた日曜の営業後に伝えると代表男は助かる、とだけ言って別の姫とカラオケバーに飲みに行った。常連客には珍しく医療関係の仕事に就いているはずの姫は、代表男と一緒に暮らしているという噂が根拠なきものとは思えないくらいには男好きのする清楚な二十代だった。会計はいつも三万に満たないが、月に二、三度は飲みに来る。誕生祝の当日は仕事があるのか、代表に来ないように伝えられているのか、前祝いと言って初めてスパークリング酒を注文していた。姫たちが数字につける意味は相変わらず他人から想像できない個人的なものだが、なんとなくこの日の安いスパークリングは比較的混じりけのないお祝いであるように感じた。或いは姫の清廉性を勝手に私が決めつけているのかもしれない。それはわからない。私は翌朝の病院行きに備えて早くに寝床に就くべく、いつも以上に急いでデスクを片付け、金庫を確認してから早歩きで帰った。どうしてか車通りが多く、道を渡れないまま区役所通りを上り切ったところで信号待ちをしていたら、祥子と会った日と似たような雲の少ない晴天だったからか夜になっても空は澄んでいて、真っ二つに割ったような薄い色の半月が見えることに気づいた。

植え込みにはいつものように蓋の外れたペットボトルと、安いライターが差し込まれたままの煙草の空き箱が放置されている。三日連続で雨が降っていないのに植栽が潤って見えるのは早朝に水が撒かれたからだろう。お見舞い客を制限している割にはエレベータで不自然に待たされ、祖母の病室に入ったときには廊下に配膳のための車輪付きの台がすでにいくつも準備されていた。中途半端に閉められたカーテンからのぞくと祖母は目を開けて、しかしどこかを見ている様子もなく、また私に気づいたようなそぶりも見せなかった。そのまま隙間から入り込み声をかけると少しだけ口角をあげ、こんにちはともごくろうさまとも聞こえるようなか細い声を出して、しかし今度ははっきりとした視線を私の顔に合わせてくれた。日差しが眩しいのか窓のカーテンは開けていない。

私は椅子に腰かけ、骨の浮き上がった祖母の足を壊さないように弱い力で撫でて、力の加減が狂わないよう丁寧に少しだけ揉んだ。それから椅子のある側の右手を握り、明後日お兄ちゃんもくるって、と言うと、祖母は少し顎を引いて疲れたように目を閉じた。表情は変わらないが、足を揉まれるのは悪い気分ではなかったようだ。私はまた揉むからねと喉を開けずに唇だけで言った。祖母の手は軽く、そのまま力を加え続ければ私の手の中で灰になってしまうと思えるほど乾いていた。力が加わるのを慎重に避けて、しかしなるべく皮膚と皮膚の間に空気が入らないように私は手を握り続けた。

祥子と会ったことは男には伝えていない。しかし男が祥子の怪我について後ろめたさではなく思いやりに似たような感情で言葉を濁していたのだとしたら、彼が家賃を払う家でセックスするわけでも食卓を囲むわけでもなく一緒に暮らしていることが、唐突で無意味で、何より不自然に思えた。幸い、男はここのところ午後の一瞬しか帰宅しない日が続いているようで、なるべく早くからでかけるようにしていた私は顔を合わせないで済んでいる。今の祥子が彼との生活を望んでいるようには思えないが、どちらにせよ私はここ四年半の彼との関係をしっかりとどこからも見えないように全てなかったことにして、早急にどこかに消え去りたかった。祥子はもしかしたら母親の待つ家に戻るのかもしれず、私は祥子より先にこの街から出ていかねばいけないと思った。だからといって父と恋人があらゆる苦痛に蓋をして暮らす家に理由なく帰れるわけもなく、兄は従業員の誰にも言わずに入籍した女との間に、もうすぐ子供が生まれるのだった。子供が生まれたら各店の幹部にはそれを話すと言っている。不義理な形で辞めた美術家の事務所は、頼み込めばまた雇ってくれるかもしれないが、この街の外で自分の不足を直視しながら生きていく覚悟が今の私にあるのかどうかよくわからない。

祖母の目が開かないので私はできれば何かで紛らわせたい考えが頭の中をゆっくり回転しだすのを止められなかった。罪の意識に蓋をするあまり、私は長く喪失したものを弔うことも惜しむこともできずにいた。強烈な欲望が毎晩消費される街の中では、自分の本来持っていた願いは霞んで見えなくなる。しかし祖母の病室は空調の音が気になるほど静かだ。男や祥子の小さな偽りの言葉がいつも全て白々しく聞こえていたのは、私が私自身に対して保つ偽りを後ろめたく思っていたからかもしれなかった。母ならば嫌ったであろう青色の刺青が入った腕の外側が疼いた。

「お兄ちゃんが最初に踊ったのはうさぎとかめで合ってたよね」

目を閉じた祖母の顔にそう話しかけたが、祖母の顔は以前見たときと似た、疲れが癒されない眠りの中にあるようで、口角も顎も動かなかった。小学校の高学年に上がる頃にはほかの運動を始めて、祖母のお稽古場に姿を現さなくなった兄にとって最初で最後となった踊りの会の舞台を私はよく覚えていた。その曲に決めたのは祖母が踊らせるつもりだった「おさるのかごや」を、猿の格好をしたくないという理由で拒否したからだということも、ゆっくり努力する亀より兎のほうが可愛いと言ったまだ学校に上がる前の私に、兄がわかってないなと偉そうに諭したことも、本当ははっきりとした記憶がある。それでも私は声に出してそう聞かずにはいられなかった。私は願いをこめるように祖母の手を自分の汗で汚しながら、両手で挟んで離せずにいた。

初出
「群像」二〇二三年八月号

鈴木涼美（すずき・すずみ）

1983年東京都生まれ。慶應義塾大学卒業。東京大学大学院修士課程修了。小説『ギフテッド』が第167回芥川賞候補、『グレイスレス』が第168回芥川賞候補。著書に『身体を売ったらサヨウナラ　夜のオネエサンの愛と幸福論』『愛と子宮に花束を　夜のオネエサンの母娘論』『おじさんメモリアル』『ニッポンのおじさん』『往復書簡　限界から始まる』（共著）『娼婦の本棚』『8cmヒールのニュースショー』『「AV女優」の社会学　増補新版』『浮き身』などがある。

カバー写真　むらきゃみだいち
装　幀　岡本歌織（next door design）

トラディション

二〇二三年一二月六日　第一刷発行

著　者　鈴木《すずき》涼美《すずみ》
発行者　髙橋明男
発行所　株式会社講談社
〒一一二―八〇〇一　東京都文京区二―一二―二一
出版　〇三―五三九五―三五〇四
販売　〇三―五三九五―五八一七
業務　〇三―五三九五―三六一五

KODANSHA

印刷所　ＴＯＰＰＡＮ株式会社
製本所　株式会社若林製本工場

ISBN978-4-06-533911-4 Printed in Japan